LA CONGRÉGATION

ET LA DIPLOMATIE,

OU

LE MINISTRE ANGLAIS A PARIS,

COMÉDIE POLITIQUE.

IMPRIMERIE DE DAVID,
BOULEVART POISSONNIÈRE, N° 6.

LA CONGRÉGATION

ET

LA DIPLOMATIE,

OU

LE MINISTRE ANGLAIS A PARIS,

COMÉDIE POLITIQUE EN TROIS ACTES.

> Aujourd'hui, comme dit Figaro, les auteurs dramatiques peuvent tout mettre en scène, excepté la diplomatie, qui est assez gaie par le temps qui court, la politique, qui est à la hauteur de la diplomatie, et tout ce qui se rattache de près ou de loin aux intérêts minitériels.
>
> (QUOTIDIENNE *du* 25 *octobre* 1826.)

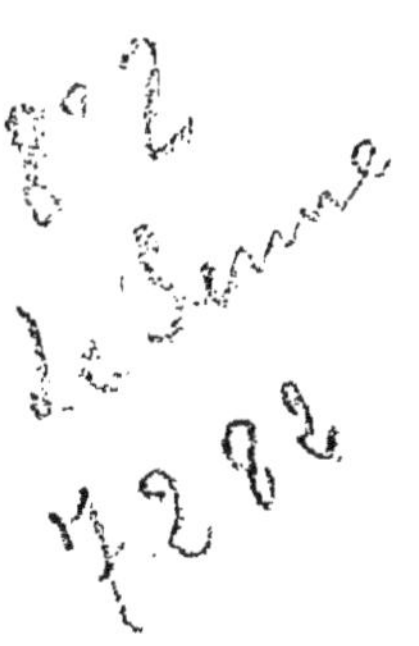

PARIS,

CHEZ TOUS LES MARCHANDS DE NOUVEAUTÉS.

1826.

PRÉFACE.

LE PUBLIC ET MOI.

UNE comédie politique! — Oui, mon cher public, une comédie politique ; et, ce qui est plus rare encore, une comédie qui vous fera rire, pourvu que vous ne soyez pas de trop mauvaise humeur. — J'en doute. — Lisez plutôt. — Mais si je ne veux pas rire, moi? — Quel caractère avez-vous aujourd'hui! A votre air dédaigneux, je devine la question que vous allez me faire. A quel genre appartient votre comédie? car vous, mon cher public, vous êtes fort sur les genres ; est-ce une comédie d'intrigue, comédie de caractères, comédie de mœurs?..... Oh! pour des mœurs, il y en a, je vous assure ; sans mœurs que pourrait-on faire aujourd'hui? Tout le monde a des mœurs en France, depuis que la police se confesse. Pour ce qui est des caractères, vous savez que nous n'en manquons pas ; et quant à l'intrigue vous n'en aurez faute, d'intrigans surtout : voyez plutôt ce qui se passe de par le monde.

Le titre de ma pièce a dû vous surprendre ; et cela ne m'étonne pas. Comédie politique! la politique fut-elle jamais une comédie! Je conviens que dans le budget d'un milliard il n'y a pas le plus petit mot pour rire : il faut pourtant prendre votre parti. Or, vous savez que deux partis divisent le monde depuis la création, et le diviseront jusqu'au jour du jugement dernier ; ce qui doit vous faire entendre qu'il ne s'agit en ce moment ni des gallicans, ni des ultramontains, ni de l'oposition, ni du ministère ; toutes choses qui ne seront pas éternelles, s'il plaît à Dieu, mais bien du parti qui toujours pleure et du parti qui rit toujours. Je suis, moi, de ce dernier, et bien vous en prendrait d'en être ; on arrive en joie à la fin de tout.

Exemple : un ministre de Sa Majesté Britannique arrive à Paris ; aussitôt toutes les oreilles politiques sont aux écoutes. Que vient-il faire ? Voici le mot : il s'agit d'une guerre entre la Russie et l'Angleterre, non ; de la reconnaissance des républiques américaines, non ; d'un traité de commerce, non... Eh ! Messieurs, peut-être de tout cela. Mais tandis que les uns voient dans ce voyage la monarchie qui s'en va en poussière, les autres la société nouvelle qui prend terre dans les deux mondes, je n'y vois, moi, qu'une comédie ; chacun a sa marotte.

N'allez pas croire toutefois que je vous révèle ce qu'ont dit entr'eux ces Messieurs qui gouvernent le monde. J'en serais bien en peine, puisqu'ils ne se sont rien dit. Quelque bruit qu'aient fait à cette occasion MM. les journalistes, chacun sait aujourd'hui que M. Canning n'était venu à Paris que *pour prendre l'air*. D'ailleurs, vous n'avez qu'à lire ma comédie, et vous serez convaincu que la position embarrassée du président du conseil, que je mets en scène, n'a rien de commun avec celle de M. de Villèle, qui est tout-à-fait libre, comme vous savez ; et ainsi des autres personnages. A-t-on jamais rencontré, de nos jours, de vieux seigneurs qui entretiennent des danseuses à l'Opéra, et veuillent reconstituer la France par la morale ? Est-il quelque poète diplomatique qui frappe à la porte du conseil d'état, même avant d'avoir frappé à celle de l'Académie ? Il est sûr, au moins, que nos belles quêteuses de paroisse, dans l'exercice de leurs fonctions, ne mêlent aucun amour-propre à leur amour du prochain. Je semble pourtant dire le contraire dans ma comédie , ce qui n'est pas charitable, j'en conviens; mais nous autres poëtes avons toujours eu la permission d'inventer; *pictoribus atque poetis*, comme nous disions au collége. Quant à ce que vous trouverez ici sur la Congrégation, n'en croyez pas un mot : vous savez que cette prétendue Congrégation est de notre temps le *Croque mitaine* des simples, comme l'a dit fort ingénieusement un homme de tête dont le nom ne me revient pas. Or, voici quelle est l'origine de ce conte populaire.

Nous sommes quelques-uns, gens de petit savoir, mais brouillons s'il en fut jamais, qui avons formé une confrérie, de laquelle je suis aussi, moi *capucin indigne*. Là, quand nous n'avons rien de mieux à faire, nous complotons *le bouleversement de la société, le renversement de l'ordre établi* et autre bagatelles de ce genre. Pour en venir à cette fin, nous allons criant sur les toits qu'il existe de par le monde une certaine société, association, ou congrégation d'hommes religieux qui ne s'occupent pas toujours d'œuvres pies : ce qui est pure calomnie, comme on nous l'a démontré cent fois; mais nous ne persistons pas moins à crier *haro* de toutes nos forces. Les uns font sur *Croque-mitaine* des mémoires à consulter, les autres des livres qu'on ne consulte pas, moi je mets le tout en comédie. Vous voyez que, fidèle à mon caractère, j'ai pris le rôle le plus gai.

Toutefois ne lisez pas ma pièce dans l'espoir d'y trouver du scandale. Je n'ai jamais fait de biographie scandaleuse sur homme qui vive, pas même sur les bons pères; il est vrai que je n'ai pas été élevé par eux. Je raille les opinions, sans haine pour les personnes : j'aime trop à rire, pour vouloir du mal à ceux qui me donnent ce passe-temps. Or, figurez-vous un préfet qui fait les honneurs de son département à un missionnaire, un officier de hussards qui se confesse pour avoir de l'avancement, et un futur académicien qui, au sortir d'un sermon, complimente l'abbé F... sur son éloquence; après cela tenez votre sérieux, surtout si vous n'aspirez pour votre part ni à une préfecture, ni à un grade militaire, ni à l'Académie. C'est ma position à moi; et voilà comment j'ai pu faire de la comédie politique contemporaine en spectateur désintéressé. Cela paraît difficile; mais voulez-vous une preuve sans réplique de mon impartialité? Vous me demandez à l'oreille ce que je pense de M. de Villèle: entre nous, je le crois assez habile; mais n'allez pas le répéter de peur qu'on ne me prenne pour un ministériel : ce qui serait fort désagréable, vu que je ne touche pas de traitement.

Si, après cet aveu que je fais, bien entendu, sans déroger à mes principes d'opposition, d'honnêtes gens qui touchent un traitement quelconque viennent vous dire que j'ai manqué aux convenances, en mettant en scène des personnes connues et des événemens récens, n'en croyez pas un mot; déplorez seulement que dans un siècle religieux comme le nôtre, il y ait tant de bons chrétiens payés pour calomnier leurs frères.

La comédie politique d'ailleurs n'est pas chose nouvelle. Chez nous, il est vrai, elle n'est guère prônée que par les *romantiques*, ce qui pourrait bien la faire regarder comme une hérésie littéraire par MM. de l'Académie. Toutefois, je prie ces messieurs de ne pas me confondre avec les détracteurs impies des saines doctrines, qui, sans respect pour les règles invariables du bon goût, ont pris pour devise *il faut oser*. Dieu nous garde de l'audace! Persuadé, que notre littérature pour plaire à la France de 1826, doit être calquée sur celle qui faisait les délices de la Grèce au cinquième siècle avant notre ère, je suis bien loin d'avoir voulu essayer un genre nouveau; et si j'ai osé faire une comédie politique, au lieu de mettre au théâtre l'amour d'un tuteur pour sa pupille, ou toute autre intrigue de ménage, ce qui serait beaucoup plus intéressant pour nn peuple qui s'occupe de ses affaires, c'est que j'avais pour moi l'autorité des Grecs. Sans rappeler ici les noms des poëtes de l'ancienne comédie dont les ouvrages sont perdus, qu'il me suffise de citer Aristophane, dont il nuos reste plusieurs pièces. La plupart de ces pièces que messieurs de l'Académie connaissent bien, ont trait directement aux affaires de l'état, et le poète met en scène, en les nommant par leur nom, les principaux personnages de la république. Dans *les Acharniens*, comédie jouée aux fêtes lénéennes sous l'archonte Enthydème, la sixième année de la guerre du Péloponèse, et la troisième de la quatre-vingt-huitième olympiade, ce qui répond à l'an 426 avant Jésus-Christ, le poëte, en faisant ressortir les inconvéniens de la guerre avec une verve de gaîté inépuisable, trouve l'occasion de railler des ambassadeurs athéniens qui reviennent de la Perse après douze ans d'absence. Mais devinez à quoi ils ont passé leur temps : à tailler des plumes? Non, à faire de longs repas; c'était à table qu'ils captivaient la faveur du grand roi : les diplomates de l'antiquité s'entendaient aussi en gastronomie. Dans la même comédie, Aristophane fait paraître Euripide, et se moque de ses héros de tragédie en haillons. Après une telle audace, on me pardonnera d'avoir mis en scène un poëte de Congrégation, en lui faisant réciter quelques strophes vaporeuses. Peut-être en passant condamnation sur l'autorité des Grecs, mes amis les classiques, qui ont des pensions sur la liste civile, me diront que cette comédie qui joue la chose publique, s'accordait avec la constitution de la démocratie athénienne, mais ne saurait convenir à l'état des sociétés modernes. A cela, je réponds: N'a-t-on pas répété à satiété que, dans nos gouvernemens représentatifs, les feuilles publiques remplaçaient la tribune des anciens ? pourquoi nos brochures ne remplaceraient-elles pas leur théâtre ? Puisque le temps est venu de comparer les petites choses aux grandes, quand on met les harangues du *Journal de Paris* à côté de celles de Périclès, je ne vois pas ce qui empêche de mettre ma comédie à côté de celles d'Aristophane.

Ainsi, mon cher public, ma conscience littéraire est parfaitement en repos sur le fond de mon onvrage ; quant à la forme, c'est différent. Je conviens que je n'ai pas su toujours faire parler mes personnages dans le beau style ; de plus, mon action dure deux jours bien comptés, ce qui est contre la vraisemblance dramatique : il n'est pas vraisemblable que des hommes d'état s'occupent la veille de ce qu'ils feront le lendemain. J'avoue aussi que j'ai eu la maladresse de transporter la scène dans des lieux assez distans l'un de l'autre, en introduisant des personnages de diverses conditions qui habitent naturellement sous le même toit. Toutes ces licences sont autant de fautes contre les règles de l'illusion théâtrale; car pour peu qu'on se donne la peine d'y réfléchir, on s'apercevra qu'on ne va pas au théâtre pour assister à la représentation d'un fait qui agite votre âme de terreur ou de gaîté, mais bien pour se figurer que le poëte vous transporte, durant un temps donné, dans une enceinte donnée; dès-lors, il est clair que l'illusion théâtrale a pour base la durée du temps et la fixité du lieu, plutôt que le développement naturel de l'action qui n'est ici que l'accessoire. MM. les romantiques qui divaguent depuis longtemps sur la source de l'illusion au théâtre, ne se sont pas encore avisés, que je sache, de cette objection, et je la tiens contre eux sans réplique.

Mon cher pubic, j'ai confessé mes fautes dans toute la sincérité de mon cœur. Je réclame pour elles votre indulgence, en vous promettant bien de n'en plus commettre de ce genre à l'avenir.

Or, maintenant que la préface est terminée, voici venir la comédie. Silence : on lève le rideau, soyez attentifs jusqu'à la fin. Si ma pièce vous amuse, je vous en ferai une nouvelle, dès que nos hommes d'état feront quelque nouvelle sottise, ce qui ne peut pas tarder.

PERSONNAGES.

LE MINISTRE ANGLAIS.

Ministres français.

UN PREMIER MINISTRE, Président du Conseil.
UN SECOND MINISTRE, à l'Intérieur.
UN TROISIÈME, aux Sceaux.
UN QUATRIÈME, aux Affaires Ecclésiastiques.

Membres de la Congrégation.

LE COMTE DE LA TULIPE, ex-grand Dignitaire de l'Empire.
LE DUC DE SAINT-ELME, Gentilhomme de la Cour.
LE BARON DE MONTBRUN, Ministre d'État.
M. CHARLES, Poëte, Secrétaire du duc de Saint-Elme.
UN DIPLOMATE ESPAGNOL.

UN PRÉFET. UN PROCUREUR GÉNÉRAL. M. D'AROUX, Banquier.	Députés ministériels.
JACQUES. CHOLLET.	Agens subalternes de la Congrégation.

LA ROSE, Grenadier de vieille armée, Domestique du Comte de la Tulipe.
HUISSIERS de service chez le Premier Ministre.

LA DUCHESSE DE SAINT-ELME. LA MARQUISE DES TROIS-CHATEAUX.	Jeunes femmes de 32 ans.
DIPLOMATES. CONGRÉGANISTES. DÉPUTÉS MINISTÉRIELS.	Personnages muets.

(La scène est à Paris : le premier et le troisième actes, dans un salon de la rue de Rivoli; le deuxième, dans dans un salon du faubourg Saint-Germain.)

LA CONGRÉGATION
ET LA DIPLOMATIE,

OU

LE MINISTRE ANGLAIS A PARIS,

COMÉDIE POLITIQUE.

Le théâtre représente un salon de la rue de Rivoli.

(Entrent deux députés ministériels.)

PREMIER DÉPUTÉ.

Ah ! Monsieur le Préfet !

DEUXIÈME DÉPUTÉ.

Serviteur , Monsieur le procureur-général.

LE PROCUREUR-GÉNÉRAL.

Comment va l'administration dans votre département ?

LE PRÉFET.

Tout comme si j'y étais : le secrétaire fait le travail. Mais la justice en votre absence..?

LE PROCUREUR-GÉNÉRAL.

Oh ! pour le mieux. Plût à Dieu que tout allât aussi bien à Paris!

LE PRÉFET.

Vous dites vrai ; l'horizon politique est chargé de nuages.

LE PROCUREUR-GÉNÉRAL.

Cette constitution de Portugal tombée comme une bombe anglaise dans le camp de la Sainte-Alliance, cette arrivée du ministre anglais à Paris ; d'un autre côté, la Congrégation qui jette feu et flamme, tout cela rend la position assez difficile. Quel parti prendre ? Il faut pourtant se décider. C'est demain qu'aura lieu la réunion diplomatique dans laquelle il faudra se prononcer pour les principes monarchiques ou pour la politique de l'Angleterre.

LE PRÉFET.

Je crains vraiment que le ministre ne soit embarrassé.

LE PROCUREUR-GÉNÉRAL.

Je crains pis que cela, moi : je crains qu'on ne le débarrasse tout-à-fait des affaires.

LE PRÉFET.

Que dites-vous ?.... Impossible !

LE PROCUREUR-GÉNÉRAL.

Je le croyais comme vous ; mais ces Messieurs parlent haut. J'ai rencontré hier, chez le duc d'Ornival, Montbrun qui se raillait de M. le président, comme s'il devait coucher aujourd'hui à l'hôtel Rivoli. D'ailleurs je tiens de bonne part que ces Messieurs se croient assez forts pour paraître au grand jour ; et comme dans ce cas ils n'auraient plus rien à faire du président, pour l'expulser, ils se proposent de faire échouer la politique anglaise, et ils en ont le pouvoir.

LE PRÉFET.

Malheureux !... Il n'y a pas huit jours qu'on me proposa encore de m'affilier !....

LE PROCUREUR-GÉNÉRAL.

Je vous avoue que j'ai quelque regret de n'avoir pas voté, dans la dernière session, avec Ferdinand B......r.

LE PRÉFET.

Mais le ministère tiendra au moins jnsqu'à la session prochaine.

LE PROCUREUR-GÉNÉRAL.

S'il tient jusque-là,la crise est passée, et nous

pourrons, en conscience, voter de nouveau avec lui.

LE PRÉFET.

C'est vraiment embarrassant pour un administrateur qui veut faire le bien de son pays, de ne jamais savoir à qui donner son vote; cela enlève toute fixité aux idées.

LE PROCUREUR-GÉNÉRAL.

Et surtout aux emplois.

LE PRÉFET.

Un vrai royaliste devrait toujours voter avec les ministres nommés par le roi.

LE PROCUREUR-GÉNÉRAL.

C'est le vote légal; il n'y a que les ambitieux qui fassent de l'opposition personnelle.

LE PRÉFET.

Quelqu'un vient; serait-ce Son Excellence?

LE PROCUREUR-GÉNÉRAL, regardant vers la porte.

Le banquier d'Aroux, le bourgeois-gentilhomme!

M. D'AROUX, avec des manières cérémonieuses.

Je présente mes respects à M. le conseiller d'état; Monsieur le procureur-général, je suis votre très-humble serviteur.

LE PROCUREUR-GÉNÉRAL.

Bonjour, Monsieur le baron.

LE PRÉFET.

Notre honorable collègue vient faire au ministre sa visite du matin?

D'AROUX.

Mais... je viens indifféremment chez Son Excellence à toutes les heures de la journée; M. le président est d'un accueil si affable! D'ailleurs j'ose me flatter qu'il ne se gêne pas avec moi; car dès qu'on entre, il me dit avec cette grâce qui le distingue et en me tendant la main : Au revoir, baron d'Aroux.... Mais sans doute, Messieurs, on vous a annoncés à Son Excellence, je vais me faire annoncer aussi.

LE PROCUREUR-GÉNÉRAL.

Restez, baron, ce n'est pas la peine, le ministre travaille dans son cabinet; d'ailleurs c'est l'heure de réception, il ne doit pas tarder à paraître.

D'AROUX.

Il faut convenir, Messieurs, que de notre temps ce n'est pas pour ne rien faire qu'on est ministre, et sous ce rapport les ennemis les plus acharnés de Son Excellence ne sauraient lui reprocher son défaut d'activité. Loin de là, ils tombent d'accord qu'il fait à lui seul tout le travail du conseil; et à mon avis c'est son plus bel éloge.

LE PRÉFET.

Puisse-t-il mériter cet éloge long-temps!

D'AROUX.

Quand on pense qu'une seule tête donne le mouvement à cette vaste monarchie de France, et que cette tête est celle de M. le président du conseil!... Un homme a là de quoi s'enorgueillir; mais aussi de quoi s'occuper?

LE PROCUREUR-GÉNÉRAL.

Vous en savez quelque chose, baron d'Aroux.

D'AROUX.

Non par expérience, bien que comme députés nous participions par notre vote au grand travail de la législation. Mais qu'est-ce, Messieurs, que voter des lois, en comparaison du génie qu'on met à les faire? surtout quand il faut trouver des lois qui fassent refleurir notre antique monarchie, qui augmentent les recettes et rétablissent la morale publique!.. Jugez du travail; et cependant le génie de Son Excellence n'est jamais en défaut. Dans ce moment même je sais que le ministre est très-occupé.

LE PROCUREUR-GÉNÉRAL.

Oui, je crois qu'il a sur les bras quelques affaires importantes.

D'AROUX.

Oh ! de la plus haute importance. (D'un air de mystère.) On doit nous présenter à la prochaine session un Code forestier.

LE PRÉFET.

Les journaux l'ont annoncé depuis quelque temps.

D'AROUX.

Son Excellence me disait hier cela confidentiellement, car elle m'honore quelquefois de sa confiance. Vous voyez tout ce qu'il y a dans ce projet : il faut reconstituer la grande propriété, et pour mettre nos lois en harmonie avec nos mœurs et nos institutions monarchiques, il faut la rendre héréditaire; car qu'est-ce que la monarchie ? c'est l'hérédité : il faut donc rendre la propriété héréditaire pour qu'elle soit aussi monarchique.

LE PROCUREUR-GÉNÉRAL.

C'est clair.

LE PRÉFET.

Qui en doute ?

D'AROUX.

En effet, Messieurs, après une révolution qui a tout réduit en poussière, au lieu de bâtir sur le sable révolutionnaire, commençons par rendre le terrain royaliste : ce n'est qu'alors que notre belle France pourra s'appeler de nouveau la terre classique de la fidélité; d'ailleurs, c'est le seul moyen de rétablir la morale, car, comme l'a fort bien dit monseigneur le garde-des-sceaux, ce n'est que sous le chêne des aïeux constitué à perpétuité, que pourra naître et grandir une génération monarchique.

LE PROCUREUR-GÉNÉRAL.

Vous avez raison, baron d'Aroux, vous avez raison.

UN HUISSIER, annonçant.

Son excellence Monseigneur le président du conseil.

LE PRÉFET, à demi-voix, au procureur-général.

Voici déjà le ministre, nous sommes bien seuls.

LE PROCUREUR-GÉNÉRAL, inquiet.

Tous nos amis connaîtraient-ils les projets de la Congrégation.... J'aurais pu me dispenser de cette visite.

LE PRÉFET.

Ce sera ma dernière.

(Ils s'avancent vers le ministre en s'inclinant ; d'Aroux fait de grandes démonstrations de respect.)

LE PRÉSIDENT DU CONSEIL.

Bonjour, Monsieur le préfet, Monsieur le procureur-général, comment vous portez-vous ?.... Ah ! baron d'Aroux, je suis charmé de vous voir. (Il regarde autour de lui.) Ces messieurs sont sans doute dans la pièce voisine.

D'AROUX.

Mais, Monseigneur, il n'y a personne.

LE PRÉSIDENT, à part.

On n'a donc rien à demander !... (Haut.) Dites à ces messieurs que je leur en veux de leur absence. (Souriant.) Quelques soins pressans qu'exigent de moi les affaires, j'aurai toujours quelques heures à donner à l'amitié.

D'AROUX.

On sait que Son Excellence aime beaucoup ses amis.

LE PRÉSIDENT.

Monsieur le préfet, j'ai parlé de ce pont à M. le ministre de l'intérieur, dans sa prochaine tournée il en posera la première pierre. Monsieur le procureur-général, j'ai retenu pour votre fils la première place de substitut vacante.

LE PRÉFET, LE PROCUREUR-GÉNÉRAL, ensemble, mais froidement.

Monseigneur, la reconnaissance du département..... Monseigneur, comment pourrai-je m'acquitter....?

LE PRÉSIDENT.

Nous parlerons de cela plus tard....

D'AROUX.

C'est au dévouement à payer la dette de la reconnaissance.

LE PRÉSIDENT.

Baron d'Aroux, depuis quelque temps j'avais à me plaindre de votre absence : comment se porte Mme la baronne?

D'AROUX.

Monseigneur a trop d'attention : hier, je crois, je disaisà Votre Excellence que la baronne était, avec mon fils le chevalier, aux bains de Dieppe, où elle a pu faire sa cour à Son Altesse Royale.

LE PRÉSIDENT.

La saison des eaux a été brillante cette année : la présence de Son Altesse avait attiré la meilleure compagnie de Paris.

D'AROUX.

Que n'ai-je pu faire le voyage! mais les affaires politiques m'ont retenu; et puis.... dépense folle!... Si le trois s'était élevé seulement au pair; mais, avec toutes ces déclamations des journaux....

LE PRÉSIDENT.

Et vous, Messieurs, que nous apprenez-vous? Monsieur le procureur-général, nous aurons besoin de votre éloquence à la session prochaine : j'espère vous rencontrer toujours au nombre de nos amis.

LE PROCUREUR-GÉNÉRAL.

Monseigneur, si le dévouement et le zèle....

(Entre un huissier introduisant plusieurs députés.)

LE PRÉFET.

Voici des gens qui ont entendu les reproches que leur faisait tantôt Votre Excellence.

LE PROCUREUR-GÉNÉRAL, bas au préfet.

Dieu soit loué! nous ne serons pas venus seuls.

LE PRÉSIDENT, tendant la main à plusieurs députés.

Bonjour, Monsieur Sallinac... Ah! Monsieur Balsac, je pensais à vous.. Comment se porte M. Cidrac..? Monsieur Bourjac, j'étais étonné de ne pas vous voir ce matin... Vous vous faites désirer, Monsieur Follac; j'ai à me plaindre de votre absence. Et vous aussi,

Monsieur Darlac (1) ? vous, en retard aussi ?.... Mais il suffit que vous ne le soyiez pas à la chambre. Messieurs, nous vous préparons de l'occupation pour la session prochaine ; j'espère qu'aucun de de vous n'attaquera les projets du gouvernement par une opposition systématique.

TOUS LES DÉPUTÉS.

Ah ! Monseigneur !....

LE PRÉSIDENT.

J'en suis persuadé. Ce n'est pas que les ministres du roi veuillent gêner la liberté des opinions; oh ! bien au contraire; nul plus que moi n'aime à voir se prolonger (toutefois dans les bornes raisonnables) une libre discussion qui éclaire les esprits. J'ai prouvé, dans plusieurs occasions, que je ne redoutais pas de descendre dans l'arène pour repousser des attaques...... que nous aurions pu dédaigner.

UN DÉPUTÉ.

Si Monseigneur avait consulté la chambre, assurément .....

LE PRÉSIDENT.

Il doit vous souvenir, Messieurs, que toutes

(1) Le président rencontre dans son salon
Tous les AC qu'à Paris envoya la Gironde.

LA VILLÉLIADE, chant 1er.

les fois qu'on m'a demandé des explications, je les ai données avec franchise. Les ministres du roi savent ce qu'ils doivent aux droits de la chambre; d'ailleurs, telle est la nature du gouvernement représentatif : il faut jouer cartes sur table.

D'AROUX.

Et l'on sait que Monseigneur ne triche jamais.

LE PRÉSIDENT.

A l'ouverture des chambres, nous nous proposons de soumettre à votre investigation législative un travail important, et que la France attend avec impatience : c'est le code forestier.

TOUS LES DÉPUTÉS.

Ah!!!...

LE PRÉSIDENT.

Une telle discussion exigera de vous une attention longue et pénible; mais on sait que rien ne coûte à une assemblée française, quand il s'agit de voter des lois pour le bonheur de la France.

PLUSIEURS DÉPUTÉS.

Monseigneur peut compter sur nous.

LE PRÉSIDENT.

Ces Messieurs de la droite et de la gauche ne manqueront pas de prolonger, par leurs amendemens et sous-amendemens, une discussion déjà si longue par la nature du projet.

D'AROUX.

Il faut demander sur tous la question préalable.

PLUSIEURS DÉPUTÉS.

Bravo, bravo!

(Applaudissemens et éclats de rire.)

LE PRÉSIDENT.

Je conviens que dans l'examen d'un si long travail, on ne doit pas abuser des momens de la chambre.

D'AROUX.

Si l'on voulait écouter ces Messieurs, on n'en finirait pas. On sait que les ambitieux ont toujours leur mot à dire; aussi, durant la dernière session, j'ai été bien souvent sur le point de demander la clôture avant qu'on eût donné le signal.

UN HUISSIER, annonçant.

M. de Saint-Elme.

LE PRÉSIDENT, à part.

Le duc de Saint-Elme ! que me veut ce vieil imbécille ? C'est l'association qui l'envoie. (Haut.) Messieurs, je vous demande pardon.......

(Les députés se retirent dans la pièce voisine. Le procureur-général et le préfet s'avancent vers le ministre pour le saluer avant de sortir.)

Quoi! vous partez Monsieur le procureur-général?

et vous aussi, Monsieur le préfet. Adieu, Messieurs, j'aurai l'honneur de vous voir un de ces jours.

LE PROCUREUR-GÉNÉRAL, LE PRÉFET, ensemble.

Monseigneur...

(Ils sortent. Entre le duc de Saint-Elme.)

LE PRÉSIDENT.

Monsieur le duc, je suis charmé de vous voir. Je ne saurais vous exprimer combien je suis flatté de votre visite ! voulez-vous prendre la peine de vous asseoir ? (Il avance un fauteuil.) Puis-je espérer, Monsieur, d'avoir l'honneur de faire quelque chose qui vous soit agréable ?

LE DUC DE SAINT-ELME, assis.

Je suis sensible à tant d'attention, Monsieur le président. C'est donc demain que doit avoir lieu la réunion diplomatique !

LE PRÉSIDENT.

J'espère, Monsieur le duc, que vous nous ferez l'honneur d'y assister ?

LE DUC.

Les intérêts de mon roi m'y appellent.

LE PRÉSIDENT.

Nous serons heureux, dans les grandes questions qu'on y discutera, de pouvoir recueillir le fruit de vos lumières et de votre expérience.

LE DUC.

Monsieur le président est toujours poli.

LE PRÉSIDENT.

En vérité, Monsieur le duc, vous avez quelque recette merveilleuse pour rajeunir; à vous voir aujourd'hui, on ne dirait pas qu'à l'époque de nos malheurs, vous étiez déjà un des cavaliers les plus parfaits de la cour de Coblentz.

LE DUC.

Monsieur le président...

LE PRÉSIDENT.

Vous voilà tout-à-fait libre de votre goutte; durant votre dernière attaque, je demandais tous les jours de vos nouvelles à la cour. Ma foi! Monsieur le duc, la maladie venge les dames : elle a réussi à vous fixer. Il fallait vous prendre par le pied pour vous empêcher de courir de belles en belles... Ce n'est pas d'aujourd'hui que Mars a été pris dans les filets.

LE DUC, riant.

Le mot est charmant... On ne vous voit jamais à l'Opéra. Comment faites-vous? Il me semble à moi, que sans l'Opéra je ne pourrais pas vivre.

LE PRÉSIDENT.

Que voulez-vous, Monsieur le duc; les affaires sont ma goutte à moi, elles me retiennent au logis.

LE DUC.

Ah ! les affaires avant les plaisirs. Il est des occasions où il faut savoir se sacrifier à son roi et à son pays. Nous le savons tous. Nos malheurs nous ont du moins appris cela. En effet, dans ce moment, vous avez beaucoup d'affaires sur les bras. Avec tant d'événemens qui se pressent au dehors, la politique extérieure se complique.

LE PRÉSIDENT.

Oui, le ciel se rembrunit, mais nous ferons tête à l'orage.

LE DUC.

Et cet Anglais qui arrive à Paris probablement pour sonder le terrain ?

LE PRÉSIDENT.

Il le trouvera ferme.

LE DUC.

Il faut pourtant prendre un parti.

LE PRÉSIDENT.

Sans doute il faut prendre un parti.

LE DUC.

Si les puissances en venaient à une rupture ouverte, il faut que la France reprenne sa place dans la balance européenne, et cette place est marquée parmi les défenseurs de la légitimité.

LE PRÉSIDENT.

Sans doute, il faut que la France reprenne sa place dans la balance des nations. D'ailleurs notre armée n'a-t-elle pas prouvé de quoi elle était capable, avec un Bourbon à sa tête? La révolution française avait ouvert un abîme sous tous les trônes; mais nous pouvons dire qu'en y jetant le Trocadéro, nous l'avons comblé.

LE DUC.

C'est du moins ce que nous disions tous. Mais voilà à peine deux ans écoulés, et la révolution triomphe de nouveau en Portugal, et si l'Espagne avait une armée réunie sur quelque point de son territoire, il lui faudrait peut-être subir une nouvelle révolte de l'île de Léon. Tout cela se passe en présence de notre loyale armée qui, après avoir frappé au cœur l'hydre révolutionnaire, assiste, l'arme au bras, à la renaissance du monstre.

LE PRÉSIDENT.

Ces Espagnols sont un drôle de peuple.

LE DUC.

Pas si drôle, Monsieur le président. Le peuple espagnol est fidèle à son roi et à la religion de ses pères. Plût à Dieu que tous les Français le fussent aussi

LE PRÉSIDENT.

Je le voudrais comme vous ; mais il n'en est pas ainsi, et je ne sais qu'y faire. Nous pouvons changer les lois, mais le peuple ..

LE DUC.

Le peuple !... Quand on gouverne, on en fait ce qu'on veut. Le grand tort de la restauration a été de ne restaurer que la royauté de tout ce qui constituait l'ancienne monarchie. Si l'on veut que le peuple soit fidèle à son roi, il faut le rendre fidèle à son Dieu ; on ne parviendra à rétablir la monarchie sur son ancienne base, qu'après avoir rétabli la religion et la morale publique.

LE PRÉSIDENT.

C'est bien à quoi je travaille depuis que je suis ministre.

LE DUC.

Mais vous n'y travaillez pas de cœur.... Je vous avouerai, Monsieur le président, que votre politique déplaît à ces Messieurs. Quelques-uns vont même jusqu'à dire que vous avez le projet d'attacher la France à la suite du char de l'Angleterre, comme si vous vouliez donner la monarchie en dérision aux peuples, en la promenant derrière les ballots des marchandises anglaises, sur tous les terrains où il plairait au ministre de S. M. B. d'importer une révolution.

LE PRÉSIDENT.

Pouvez-vous croire, Monsieur le duc, qu'un ministère royaliste adopte jamais une politique qui ne serait pas conseillée par la dignité de la couronne?

LE DUC.

Cette pensée ne peut me venir : elle ne serait pas française.

LE PRÉSIDENT.

Monsieur le duc, vous avez dit le mot.

LE DUC.

Cependant voilà une constitution qui s'établit en Portugal, tandis que notre armée occupe l'Espagne ; ce ministre anglais, qui semble vouloir être à lui seul une nouvelle assemblée constituante poúr tous les peuples révoltés, arrive à Paris, et vous saluez son arrivée par la reconnaissance des républiques américaines.

LE PRÉSIDENT.

Je vous demande pardon, Monsieur le duc; mais il faut distinguer : dans l'intérêt du commerce, la France admet le pavillon mexicain, ce qui est bien différent de la reconnaissance politique.

LE DUC.

Ces Messieurs disent pourtant que c'est la même chose.

LE PRÉSIDENT

Mais, de bonne foi, c'est à vous que je le demande?...

LE DUC.

Oui, je comprends bien.

LE PRÉSIDENT.

Je n'en doute pas, et tous les hommes versés dans les discussions des publicistes ne peuvent manquer de comprendre cette différence au premier coup-d'œil. D'ailleurs, il faut juger des actes politiques par leurs conséquences, et c'est ainsi que l'on voit d'abord l'énorme distance qu'il y a de la reconnaissance de droit à la simple admission du pavillon : dans le premier cas, on envoie des ambassadeurs, et dans le second, on n'envoie que des agens commerciaux; vous voyez, Monsieur le duc, que de la première de ces deux mesures à la seconde, il y a aussi loin que d'un homme de cour à un négociant, et d'une affaire d'état à un marché.

LE DUC.

Oui... je comprends bien; mais encore pourquoi

faire le commerce avec la révolution? N'avons nous pas à côté de nous l'Espagne notre alliée naturelle, et puisque notre armée a prouvé qu'il n'y avait plus de Pyrénées pour la victoire, pourquoi y en a-t-il encore pour nos marchandises? Il vaudrait bien mieux, pour la dignité de la couronne, et surtout pour prévenir la contagion des mauvaises doctrines, que nos négocians trafiquassent avec l'Espagne fidèle qu'avec les Amériques révoltées.

LE PRÉSIDENT.

Sans doute, si l'Espagne avait de l'argent ; mais que voulez-vous? il faut donner des débouchés à notre industrie !

LE DUC.

Je n'en vois pas la nécessité, et l'industrie n'a déjà que trop de débouchés. Chaque jour on ouvre de nouvelles boutiques dans Paris, et toutes sont d'un luxe, d'une magnificence!... Bientôt les marchands seront mieux logés que le monde. D'ailleurs l'industrie pense mal; j'estime le commerce; il faut le protéger, parce qu'il s'accorde avec l'esprit de notre ancienne monarchie; Louis XIV et Colbert l'ont protégé ; mais l'industrie ne saurait être monarchique : M. de Bonald me l'a démontré cent fois.

LE PRÉSIDENT.

Il faut pourtant que tout le monde vive.

LE DUC.

Mais, comme dit une vieille chanson, *le peuple ne vit pas de pain seul* (1), la morale et la religion sont aussi la vie du peuple.

LE PRÉSIDENT.

Les ministres du roi sont convaincus de cette vérité ; aussi ne négligent-ils rien de tout ce qui peut rendre son éclat au culte de nos pères.

LE DUC.

Tenez, Monsieur le président, quoi qu'en disent ces messieurs, je vous crois de bons sentimens ; mais, entre nous, vous avez du penchant pour l'industrie.

LE PRÉSIDENT.

Je vous assure, Monsieur le duc, que si ce n'étaient les embarras des finances... Mais il faut rendre son ancien lustre à la religion, il faut payer les dettes de la fidélité...

LE DUC.

Le malheur les a rendues sacrées; mais les intérêts moraux passent avant les intérêts matériels.

---

(1) L'érudition de M. le duc est ici en défaut. Il fait allusion probablement à ce passage de l'Évangile : « L'homme ne vit pas de pain seul. »

La France n'est ni une maison de banque, ni une manufacture; et sa politique ne doit pas être celle d'un peuple de marchands.

LE PRÉSIDENT.

Je vous le répète, Monsieur le duc, les ministres du roi savent ce qu'ils doivent à la dignité de la couronne.

LE DUC.

A leurs actes pourtant on ne le dirait pas. Ces Messieurs assurent que le ministre britannique vous a fait tourner la tête avec sa politique industrielle, et que, non content d'avoir déjà mis, par plusieurs actes, la France à la suite de l'Angleterre, dans la voie des révolutions, vous êtes sur le point de proclamer hautement cette direction du cabinet de Sa Majesté. Entre nous, M. C..... n'est venu à Paris que pour vous décider à cette démarche.

LE PRÉSIDENT.

Vous pouvez m'en croire : les ministres du roi sont bien loin d'avoir le moindre penchant pour la politique anglaise; mais cependant, si le ministre d'Angleterre exige qu'on s'explique !...

LE DUC.

Eh bien ! il faut s'expliquer pour les principes monarchiques.

LE PRÉSIDENT.

C'est mon intention; mais si le ministre anglais accueillait ces principes comme une déclaration de guerre!

LE DUC.

Une déclaration de guerre, dites-vous? impossible : d'ailleurs notre loyale armée n'a-t-elle pas retrouvé le chemin de Cadix?

LE PRÉSIDENT.

Mais je ne crois pas que ce chemin mène à Londres.

LE DUC.

Peut-être!

LE PRÉSIDENT.

Peut-être, assurément; mais aussi cela pourrait n'être pas.

DE DUC.

De par Dieu, Monsieur, c'est un ministre du roi de France qui doute de ce que peuvent des soldats français, commandés par un prince français!

LE PRÉSIDENT.

Je vous demande pardon; mais c'est vous qui le premier, avez dit : peut-être.

LE DUC.

Eh bien, j'affirme maintenant sur mon honneur, et par la blessure que j'ai reçue à l'armée des princes, que rien n'est impossible à une armée française, depuis qu'elle est réunie autour du drapeau sans tache, et qu'elle a pour devise : Loyauté.

LE PRÉSIDENT.

Quoi! Monsieur le duc, vous avez été blessé à l'armée des princes! Je n'ai jamais douté de votre valeur.

LE DUC.

Et vous avez douté de celle de l'armée française!

LE PRÉSIDENT.

Comment, sur un mot, avez-vous pu croire?...

LE DUC.

Eh bien, qu'il n'en soit plus question; j'avoue que j'ai été un peu vif. Nous autres, gentilshommes de l'ancienne cour, nous avons la tête chaude; nous sommes chatouilleux sur l'honneur : de tous nos anciens priviléges, c'est le seul qu'on n'ait pu nous ravir.

LE PRÉSIDENT.

On sait que l'honneur fut un bien constitué à perpétuité dans les nobles familles de France.

LE DUC.

C'est pour cela, Monsieur, que ces nobles familles n'approuveront jamais une politique dont le but serait de nous naturaliser Anglais.

LE PRÉSIDENT.

Ah ! nous naturaliser Anglais !.... le mot est piquant.

LE DUC.

Si je le disais à la cour, peut-être il ferait fortune.

LE PRÉSIDENT.

Gardez-vous en bien.... on me regarderait déjà comme un homme expatrié.

LE DUC.

Je veux bien ne pas répéter le mot à la cour ; mais c'est à une condition : Monsieur le président, il faut renier cette politique révolutionnaire qui voit tout dans l'industrie, pour entrer franchement dans la voie de la légitimité qui ne gouverne les peuples que par la morale et la religion.

LE PRÉSIDENT.

La morale et la religion assurent également le bonheur des souverains et de leurs sujets.

LE DUC.

Il faut que la monarchie ait la religion pour

base; autrement elle ne repose que sur le sable, et le moindre souffle populaire peut l'emporter.

LE PRÉSIDENT.

Sans doute, la religion est le plus solide fondement des empires.

LE DUC.

Sans elle rien n'est stable ici-bas. Ainsi, Monsieur le président, en vous quittant j'ai l'assurance que, dans la discussion relative aux affaires de l'Amérique et du Portugal, vous vous prononcerez pour la cause de la légitimité et des principes monarchiques.

LE PRÉSIDENT.

Monsieur le duc, cette cause a été le vœu et j'ose dire, le travail de toute ma vie.

LE DUC.

A ce noble langage, je reconnais le loyal député de 1817. C'est moi pourtant qui vous ai converti, et dans mes conversions, à moi, l'on n'a rien à perdre, Monsieur le président. (Il rit.) Je vais porter votre réponse à ces Messieurs.... A propos, j'oubliais de vous dire: vous savez qu'on n'a touché encore que les trois premiers cinquièmes de ces deux millions. Ces nouvelles fondations exigent tant de sacrifices! Dans ce moment même, on établit sept nouvelles congrégations de femmes et trois petits séminaires...., et l'on aurait un besoin urgent de ces fonds.

LE PRÉSIDENT.

Je vous promets de signer les bons aujourd'hui même.

LE DUC.

Je vous assure que tous ces Messieurs seront ravis de vous voir rentrer dans la bonne voie, et vous pouvez compter sur leur coopération tant que vous persisterez dans cette route. Entre nous, je connais quelqu'un qui pourrait bien être affligé de ce changement ; mais convenez que ce n'est pas sans regret qu'on voit s'évanouir l'espoir d'un portefeuille.

(Il sort; le président l'accompagne avec les plus grandes démonstrations de respect.)

LE PRÉSIDENT, seul.

Il leur faut encore de l'argent, toujours de l'argent! jetons-leur quelques millions de plus, puisque ce n'est qu'à cette condition que je garde mon portefeuille... Quoi! Monsieur de Montbrun, vous croyiez déjà avoir la main dessus?... Doucement, s'il vous plaît. Il vous faut pour cette fois encore lâcher prise... Cependant que faire! voici le jour... on ne peut plus reculer... Si C....g voulait se contenter en public d'une réponse évasive, je lui donnerais entre nous tous les gages qu'il pourrait désirer.... Il doit venir ici... il faut que je le sonde là-dessus ;... il croit ruser avec nous, le fin Anglais! je saurai ruser avec lui ; d'autant qu'en lui faisant des demi-concessions, j'ai le temps de le voir venir, tout en lui laissant croire qu'il est habile.... Aussi quel homme! ne pas pouvoir rester un moment tranquille avec ses maudites constitutions ! Mais ce n'est pas sa faute à lui si les événemens marchent, c'est la faute du temps... Il n'y a que les voltigeurs de Coblentz qui sont immobiles. Il faut pourtant qu'ils se croient bien appuyés, puisqu'ils ont osé me faire intimer leurs ordres par ce vieux duc. Peut-être ont-ils cru me faire peur... mais non, cette démarche s'accorde avec ce que Mortinac me dit hier. Décidément ils en veulent à mon portefeuille... Non, Messieurs, vous ne l'aurez pas... cependant si ce n'était que pour quelques jours, je voudrais voir la France dans leurs mains!... Nous verrions un peu, avec leur morale et leur religion, comment ils brideraient ce peuple... Quand on pense qu'à part quelques intrigans, ce duc de Saint-Elme est la forte tête des meneurs !... Qu'allons-nous devenir si quelque jour de pareils hommes nous gouvernent?

(Silence. La pendule sonne une heure.)

Une heure!... C....g ne peut tarder d'arriver. En attendant qu'il soit ici, relisons ses notes. (Il lit.) *Admettre franchement et sans arrière-penssée la constitution de Portugal....* C'est bien ce que je veux faire cette fois, ne serait-ce que pour les faire enrager... Ils m'ont su tant de gré de la restauration de Ferdinand !... Ah ! pour celle-ci de constitution, il faudra bien qu'ils la digèrent. (Il continue à lire.) *Engager l'Espagne, par nos menaces, à reconnaître l'indépendance des républiques du Sud...* S'il ne dépendait que de moi... ce serait une excellente affaire... Les trois monteraient au pair inmanquablement. Mais ces diables incarnés de Madrid, allez leur mettre cela dans la tête... Aussi ils peuvent bien crever de faim... S'ils n'y consentent, ils n'auront plus un seul de mes écus.

UN HUISSIER, annonçant.

Son Excellence Monseigneur le secrétaire d'état de sa Majesté Britannique.

LE PRÉSIDENT, s'avançant.

Ah ! Monsieur le secrétaire, je suis ravi de vous voir, comment se porte Votre Excellence, depuis hier ? que pense-t-elle du séjour de Paris ?

LE MINISTRE ANGLAIS. (Accent anglais, mais légèrement prononcé.)

Je vous remercie, Monsieur le président : j'ai ressenti quelques légères douleurs de goutte ; en somme, je vois qu'on vit fort bien à Paris..., surtout parmi les diplomates.

LE PRÉSIDENT.

Monsieur le secrétaire, les hommes d'état réunis dans notre capitale, ne s'acquittent que d'un devoir en fêtant leur maître à tous.

LE MINISTRE ANGLAIS.

Ah! Monsieur, c'est pousser trop loin les honneurs de l'hospitalité, que de me céder gratuitement votre place... En vérité, on dirait que ces Messieurs se sont donné le mot pour me faire passer à table le temps que je dois rester à Paris.... D'ailleurs, il n'est pas nécessaire d'être à jeun pour parler des affaires d'état, et je crois qu'on n'en conduit aucunes à meilleure fin que celles qu'on traite au dessert.

LE PRÉSIDENT.

Je suis de votre avis, Monsieur le secrétaire.

LE MINISTRE ANGLAIS.

Nous voilà déjà d'accord sur un point essentiel: j'espère que nous le serons sur tous les autres. Votre Excellence a pris sans doute communication des notes du cabinet de Sa Majesté Britannique.

LE PRÉSIDENT.

Monsieur le secrétaire, je les ai parcourues.

LE MINISTRE ANGLAIS.

Je crois pouvoir compter sur l'adhésion du cabinet de S. M. T. C.

LE PRÉSIDENT.

Mais, je le crois aussi..... Si cela ne dépendait que de moi !... vous savez que j'approuve entièrement vos idées; je m'en suis assez clairement expliqué avec vous..... mais dans ma position j'ai tant de ménagemens à garder...

LE MINISTRE ANGLAIS.

N'êtes-vous pas maître du conseil ?

LE PRÉSIDENT.

Oh ! ce n'est aucun de ses membres que je redoute.

LE MINISTRE ANGLAIS.

Qui peut donc vous faire peur ?

LE PRÉSIDENT.

Ne savez-vous pas, dans les pays agités par tant de factions, il y a toujours des ambitieux; et il faut prendre garde de prêter le flanc à leurs attaques : il y a tant de gens qui voudraient être premier ministre !

LE MINISTRE ANGLAIS.

Je le crois sans peine; mais ce n'est pas une

raison pour qu'ils le deviennent. Comment cela peut-il vous empêcher d'entrer franchement dans nos vues ?

LE PRÉSIDENT.

Monsieur le secrétaire, si vous saviez !..... En Angleterre vous avez des chambres, une opposition, une majorité, et tout est fini là..... Nous avons bien aussi en France, des chambres, deux oppositions faute d'une, et, Dieu merci, une majorité; mais tout cela n'est que la décoration de l'avant-scène : le secret de la comédie est derrière le rideau.

LE MINISTRE ANGLAIS.

Je vous entends. C'est la colère de vos *ultras* qui vous effraie; ce que vos libéraux appellent maintenant la congrégation, le parti dévot....

LE PRÉSIDENT.

Que le ciel les confonde, avec leur dévotion !

LE MINISTRE ANGLAIS.

Mais je les trouve bien audacieux vos *ultràs*, de vouloir s'opposer à la politique de l'Angleterre! Auraient-ils oublié qu'ils ne sont rentrés en France que parce que notre armée les y a apportés dans ses bagages ?

LE PRÉSIDENT.

Un parti qui triomphe n'a plus de mémoire.

LE MINISTRE ANGLAIS.

Mais le malheur peut venir la lui rendre.

LE PRÉSIDENT.

Écoutez, Monsieur le secrétaire; ne pourrai-je pas, sans intervenir au nom de notre cabinet, dans les affaires d'Espagne, engager secrètement, par menaces ou par promesses, le gouvernement de ce pays à modifier son système intérieur? J'autoriserai votre ambassadeur et le nôtre à user, en mon nom, de tous les moyens pour venir à cette fin. De plus, je vous promets d'envoyer une dernière note en termes très-impératifs, pour faire comprendre au ministère espagnol la nécessité absolue de reconnaître les républiques américaines. Quant à la constitution du Portugal, c'est différent: j'y donne mon adhésion publique, et sur ce point, dans la réunion du corps diplomatique, je soutiens hautement votre opinion. Ici, à la rigueur, on peut dire que c'est une charte librement octroyée...... Vous comprenez? librement octroyée. J'ai deux mots pour leur fermer la bouche, et cela me suffit. Mais dans l'affaire d'Espagne, je ne vois pas de quels mots je pourrais me servir pour prouver que S. M. Catholique a, de son propre gré, reconnu l'indépendance de l'Amérique, et octroyé une charte constitutionnelle à ses sujets.

LE MINISTRE ANGLAIS, souriant.

Je vous plains, Monsieur le président, d'en être encore en politique à épiloguer sur les mots.

LE PRÉSIDENT.

Vous, Messieurs les Anglais, vous allez au fond des choses. Il est vrai qu'aujourd'hui, de l'autre côté de la Manche, vous êtes tous du même temps; et vous n'avez pas à gouverner, par les mêmes lois, les générations de deux régimes. Mais depuis la révolution en France, on n'a pu rien faire qu'avec des mots. Tous les partis qui sont arrivés au pouvoir, se sont payés de la même monnaie.

LE MINISTRE ANGLAIS.

Je ne m'étonne plus qu'aucun d'eux n'ait fait une longue fortune. Dans la première exaltation de la victoire, les mots sont, pour tous les partis, des moyens d'échange excellens. Ils entretiennent et facilitent la circulation du dévouement et de l'enthousiasme; mais cette monnaie n'est pas de long cours; le temps l'use vite... Je vous conseille, Monsieur le président, de placer votre avenir sur un capital plus solide, ou gare la banqueroute!

LE PRÉSIDENT.

Que voulez-vous? Tiré en haut par les événemens, tiré en bas par des gens qui ont déjà un pied dans la tombe, et que la terre engloutit chaque jour, il vaudrait mieux pour moi que j'eusse fait naufrage en traversant l'Océan, que d'être venu m'amarrer à cette galère.

LE MINISTRE ANGLAIS.

Comment, Monsieur le président, des regrets?... il vaut mieux avoir du courage. Une fois osez rompre en visière avec tous ces Don Quichottes de l'absolutisme; débarrassez-vous de toutes ces guenilles aristocratiques qui vous empêchent de marcher. Ils vous tirent en bas, dites-vous; secouez la main et laissez-les tomber seuls : les pauvres diables n'iront pas plus loin que la terre; elle les appelle depuis long-temps...... un jour plus tôt, un jour plus tard, qu'importe? d'ailleurs la vie ne recommence jamais, et pas plus pour les institutions que pour les hommes... Il n'est rien derrière nous; chaque lendemain a dévoré sa veille : c'est vers l'avenir qu'il faut tourner nos regards. L'industrie a changé la face du monde; et c'est elle qui, bien plus que tous les philosophes, écrira : *Liberté civile et religieuse*, sur la bannière de toutes les nations.

LE PRÉSIDENT.

Maudites gens! vieux imbécilles!... et cependant, quand je voudrais faire quelque chose, il me faut rester cloué à un parti qui ne fera jamais rien, comme un corps vivant à un cadavre.

LE MINISTRE ANGLAIS.

Monsieur le président, il faut pourtant vous décider. Que ne profitez-vous de cette occasion pour vous mettre hors de tutelle? L'influence du cabinet de Saint-James vous protégera aux Tuileries; vous n'avez rien à craindre des clameurs de vos *ultras;* laissez-les crier. Si jamais ils élevaient trop la voix, je saurais bien leur imposer silence. Mais, vous le voyez, de grands événemens se préparent : indépendamment des affaires de l'Amérique et de la Péninsule, une rupture peut éclater tous les jours entre les cabinets de S. M. Britannique et de Saint-Pétesbourg; il faut absolument que l'Angleterre connaisse ses amis et ses ennemis.

LE PRÉSIDENT.

Si la France pouvait rester neutre !...

LE MINISTRE ANGLAIS.

Mais encore faudrait-il savoir de quelle nature serait cette neutralité. Vous savez, Monsieur le président, qu'il en est de plusieurs sortes.

LE PRÉSIDENT.

Oh! de la nature la plus amicale, je puis vous l'assurer.

LE MINISTRE ANGLAIS.

Mais qui m'assure que vous aurez toujours la direction des affaires? Si vous refusez de vous lier étroitement à l'Angleterre, ne craignez-vous pas que ces *ultras* qui vous font déjà peur, ne profitent de l'influence des cours du Nord, avec lesquelles ils sympathisent naturellement, pour vous faire déloger du conseil ? Prenez-y garde, ils em porteront quelque jour votre fauteuil d'assaut.

LE PRÉSIDENT.

Ils le feraient bien s'ils le pouvaient; ce n'est pas l'envie qui leur manque.

LE MINISTRE ANGLAIS.

Et si, dans ce moment, l'Angleterre était engagée dans la lutte, elle aurait tout-à-coup un nouvel ennemi sur les bras. Vous voyez, Monsieur le président, que, pour mesurer nos forces, il nous faut absolument être sûrs de nos alliances. D'ailleurs je ne conçois pas comment vous hésitez d'entrer franchement dans le système de l'Angleterre; il me semble que votre intérêt particulier et celui de la France, autant que le nôtre, commandent cette union.

Car, si vous sortez de vos *ultras* et de votre congrégation, si vous portez les yeux sur ce pays, que voyez-vous? Partout un peuple actif, intelligent, qui travaille et demande à grands cris des débouchés à son industrie. Cette industrie, que va-t-elle devenir, si l'Angleterre vous ferme vos ports; car je ne pense pas qu'en cas de guerre, vous crussiez pouvoir lutter contre notre marine. Soyez nos alliés, au contraire, et l'Amérique vous ouvre son immense continent où votre industrie, rivale de la nôtre, exportera ses produits, dans quelque proportion qu'ils puissent s'élever. En trouvant place pour son travail, le peuple redouble d'activité, et, vous le savez, plus de travail plus de richesses.

A l'Angleterre et à la France réunies, que pourront opposer les cours du Nord ? Des soldats rangés à la file. Cela est beau à la parade. Mais bien qu'un héros enrégimenté ne coûte que quatre sous par jour, cela fait encore de l'argent quand on en a un certain nombre qui courent le pays ; et c'est nous, Monsieur le président, qui tiendrons le nerf de l'intrigue.

D'ailleurs, n'aurons-nous pas les nouvelles armes inventées par le génie de la civilisation ? Et je ne parle ici ni des canons à vapeur, ni des vaisseaux sous-marins, mais des constitutions, Monsieur le président, des constitutions ! Dans l'état actuel des sociétés, voilà le dernier degré de perfectionnement de l'art militaire. Dès que vous entrez en campagne, jetez sur le territoire ennemi une belle charte, avec jury, liberté de la presse, deux chambres, responsabilité ministérielle et tout ce qui s'en suit. Aussitôt le pays est en feu. Voilà tous les avocats sans causes, les fonctionnaires destitués, et tous ceux qui, faute d'occupation, mouraient de faim, qui vous savent gré de leur avoir taillé de l'ouvrage. Chacun écrit, chacun parle, on ne sait plus où l'on en est. Cependant la batterie constitutionnelle va son train; elle fait feu de droite et de gauche, sur tous les points. Ne craignez pas d'avancer quelques livres sterlings pour entretenir la mitraille; le pays conquis ou constitué paiera toujours. Parmi ce vacarme, votre armée avance tout doucement, et on entre dans la capitale tandis que les représentans de la nation discutent les droits de l'homme.

LE PRÉSIDENT.

Monsieur le secrétaire, vous êtes né pour être homme d'état.

LE MINISTRE ANGLAIS.

Ainsi, j'ai la parole de Votre Excellence; il faut que l'Angleterre et la France soient unies.

LE PRÉSIDENT.

Si elles l'étaient, l'Europe leur serait soumise...

LE MINISTRE ANGLAIS.

Cette union, en donnant un nouveau développement à leur industrie, ne permet plus d'assigner des bornes à leur richesse, à leur prospérité.

LE PRÉSIDENT.

Il n'y aurait plus de crise financière à craindre.

LE MINISTRE ANGLAIS.

Nos pays disposeront, en commun, de tous

les trésors des nations, devenues tributaires de nos manufactures.

LE PRÉSIDENT.

L'intérêt de l'argent irait toujours baissant.

LE MINISTRE ANGLAIS.

Sans doute, à mesure qu'il y aurait plus de capitaux dans le pays....

LE PRÉSIDENT.

Je leur prouverai bien que je n'avais pas tort!

LE MINISTRE ANGLAIS.

Notre alliance va faire bouillir le sang à l'Autrichien, dans sa lourde tête allemande.

LE PRÉSIDENT.

Je suis bien aise de pouvoir lui apprendre que je saurai faire quelque chose sans lui.

LE MINISTRE ANGLAIS.

Nous arrêtons donc que, dans la réunion diplomatique, vous donnerez hautement votre adhésion à la politique de notre cabinet; nous donnerons assez de souci à ces Messieurs de la congrégation, pour qu'ils n'aient plus envie de contrarier vos vues.

LE PRÉSIDENT.

Il est pourtant nécessaire que j'aille au château pour m'assurer....

LE MINISTRE ANGLAIS.

Eh bien, je vous laisse; mais tenez ferme. Vous pouvez communiquer mes notes; elles contiennent les dernières résolutions de notre cabinet. Adieu, donc, à demain. Je compte sur vous.

(Il sort.)

LE PRÉSIDENT, seul.

Il a, ma foi, raison. M'allier franchement à l'Angleterre, est le seul moyen de conserver mon porte-feuille. Quand un système de gouvernement est usé, il faut en commencer un autre pour rajeunir son pouvoir.... Ils vont jeter les hauts cris... S'ils allaient arracher ma destitution !... Oh! non, non; impossible.... Allons au château rapporter quelles sont les dernières instructions du cabinet britannique..... Je saurai après à quoi m'en tenir.

(Il sort.)

FIN DU PREMIER ACTE.

Acte Second.

(*La scène est dans un salon du faubourg Saint-Germain, chez M. le duc de Saint-Elme.*)

(Entrent deux agens de la Congrégation.)

CHOLLET.

TE voilà, Jacques? je te croyais encore en mission. Depuis quand arrivé?

JACQUES.

Je suis arrivé d'hier, et il me faut repartir demain : je viens prendre des ordres. Chien de métier! on n'a pas un moment de repos.

CHOLLET.

Que veux-tu? la vie est un temps d'épreuves.

JACQUES.

Vous, pourtant, Messieurs les employés de Paris, vous passez ce temps à l'aise sur le pavé de la capitale.

CHOLLET.

Tu le crois. Nous n'avons jamais eu tant d'occupation; mais il ne faut pas regretter les peines qu'on prend pour la bonne cause.

JACQUES.

Il est bon, lui, avec sa bonne cause! Certes, elle est bonne pour toi, mon vieux. Tu n'as, ici, qu'à chercher le pot au feu chez ces demoiselles, ou à soustraire des piastres aux filoux. Si ce n'est pas là une vie de chanoine!.... Ce n'est pas que je te la reproche; mais je voudrais pouvoir en faire autant.

CHOLLET.

Tu dis là des choses immorales. Si ces Messieurs nous entendaient!...

JACQUES.

Oh! tu es aussi dans la partie de la morale, toi?

CHOLLET.

Sans doute, j'y suis; et maintenant à Paris nous y sommes tous. C'est ce qui nous donne tant de travail.

JACQUES.

Quand je vous entends parler de votre travail à Paris.... Enfin, voilà trois ans que vous n'avez point fait de conspirations; pas un pétard, mais rien qui ait fait le moindre bruit. Depuis le complot de Bayonne, on n'a plus entendu dire une seule fois que vous ayiez sauvé la monarchie. C'est à toi que je le demande.

CHOLLET.

Il s'agit bien maintenant de sauver la monarchie ? Tu ne lis donc pas tes instructions? Ce sont la religion et la morale qu'il faut rétablir, et voilà d'où nous vient tant d'occupation. Le dimanche, on court dans toutes les églises, pour voir quels sont les fonctionnaires qui vont à la messe; chaque jour, il faut lire les affiches de la porte des paroisses, pour savoir s'il n'y aurait pas dans la semaine quelque grande fête, comme celle de saint Ignace ou de saint François Xavier, ou bien encore si quelqu'un de nos Messieurs ne prêcherait pas dans quelque chapelle, au profit d'une œuvre de charité, et aussitôt on se transporte sur les lieux pour faire l'enquête des assistans. Mais que voit-on? toujours les mêmes figures; il n'y a pas moyen de varier ses rapports, et avec la meilleure volonté du monde, on ne saurait donner preuve de zèle ; car, en définitive, que peut-on dire là-dessus ? M. le chef de bureau est exact; M. le conseiller d'état prend de l'eau bénite ; M. l'académicien lit dans ses heures, et toujours la même chose de tous. Je te l'avoue à toi, mon cher Jacques : notre état est devenu un métier d'enfer depuis que la religion s'en mêle.

JACQUES.

Quand tu parleras ainsi, je dirai comme toi. Il n'est pas de pire condition que celle de servir de pareils maîtres. Avec cette sorte de gens, il n'y a aucun profit à espérer. Il faut tout faire pour l'amour de Dieu; eux, en attendant, profitent des biens de ce monde.

CHOLLET

Si du moins on avait en vue quelque avancement !

JACQUES.

Que veux-tu qu'ils t'avancent? ils ne t'avanceront pas une caisse de bois pour t'enterrer.

CHOLLET.

Un homme comme moi qui a rendu les plus grands services à la monarchie, me laisser végéter dans un emploi subalterne !

JACQUES.

Et moi ?

CHOLLET.

Voilà comment on récompense la fidélité.

JACQUES.

C'est toujours parmi les fidèles qu'on choisit les martyrs.

CHOLLET, soupirant.

Ah !... craignons qu'on ne nous entende.... Le secrétaire de M. le duc tarde bien à paraître ; voilà près d'une demi-heure que je l'ai fait prévenir. Monsieur travaille dans son cabinet, m'a-t-on dit; ces petits Messieurs se donnent des airs. Parce qu'ils enjolivent de quelques belles phrases les rapports que nous leur faisons, ils se croient des gens d'importance, et pourtant si nous n'allions leur chercher la matière première, nous verrions ce que chanteraient ces oisons avec tout leur esprit.

JACQUES.

Que veux-tu, mon ami? Ceux-là sont nos écornifleurs à nous; ils nous font ce que nous faisons à d'autres. Nous mettons le pot au feu, mais c'est pour eux qu'est le potage.

CHOLLET.

Quelqu'un vient.

JACQUES.

C'est, je crois, le domestique de Monsieur le comte de la Tulipe.

(Entre Larose.)

LAROSE, à part.

Qui va là? Ça m'a l'air d'espions civils, comme qui dirait des mouchards. Ne compromettons pas l'uniforme.

CHOLLET.

Bonjour, camarade, avez-vous quelque rapport pour Monsieur le secrétaire? il va venir. Vous n'apportez sans doute que de bonnes nouvelles?

LAROSE.

Mais des nouvelles bonnes ou mauvaises, ça dépend. (A part.) Ils voudraient tirer le lard du pot; tout mouchards qu'ils sont, ils seront fins s'ils y parviennent.

JACQUES.

Le camarade a raison; il n'est pas de bonnes nouvelles pour les uns qui ne soient mauvaises pour les autres.

CHOLLET.

Bien dit. Mais en temps de paix, quelle mauvaise nouvelle aurait-on de l'armée? On sait assez qu'elle est fidèle.

LAROSE.

Par la corbleu, si elle est fidèle! croyez-vous me l'apprendre? Savez-vous bien que moi qui vous parle, j'étais au Trocadéro?

CHOLLET.

Ah! vous étiez au Trocadéro? Ç'a été une affaire que celle-là; il y faisait chaud.

LAROSE.

Par la corbleu, nous avons assez brûlé de mèches pour chauffer l'air; ça sentait la poudre comme à la bataille de la Moskowa. Si les révolutionnaires avaient fait seulement un peu plus de résistance, on en aurait vu de belles ! Mais ça ne nous a pas empêché de tirer les batteries et de prendre la redoute d'assaut.

CHOLLET.

C'est le plus beau fait d'armes des armées françaises.

LAROSE.

Entendons-nous : le plus beau fait, depuis que nous sommes légitimes ; mais je ne suis pas un conscrit, moi, j'ai servi du temps de l'autre, et le petit caporal connaissait le feu de file. Si ce n'eût été les traîtres et les Anglais... Mais, assez causé... Quoique je n'aie pas peur, moi, je ne crains pas les mouchards ; je suis fidèle à mon roi légitime... mais je ne souffrirai pas qu'on rabaisse devant moi la gloire des armées françaises. Messieurs du pavé de Paris, je suis Français.

CHOLLET.

Mais nous aussi, camarade, nous sommes Français.

JACQUES.

Nous sommes tous Français, nous avons servi.

LAROSE, à part.

Ils ont fait la campagne de Paris, dans le régiment de la potence.

(Entre le secrétaire.)

LE SECRÉTAIRE.

Ah ! vous voilà, Messieurs, je vous attendais

avec impatience. Jacques, j'ai à vous parler. (Le tirant à part.) Il faut, mon cher, partir demain sans faute pour le Midi et faire diligence; la procession générale pour la clôture de l'année sainte aura lieu à Marseille dimanche prochain; vous nous ferez un rapport très-circonstancié. Il vous faudra, durant tout le temps de votre mission, surveiller spécialement la conduite du préfet; quant au procureur du roi, vous aurez moins à faire. Voici d'ailleurs vos instructions écrites. (Il lui remet des papiers.) Vous vous adresserez pour tous les renseignemens au supérieur du petit-séminaire, et vous ne communiquerez qu'avec lui; vous m'entendez, on compte sur votre zèle. (Haut.) Monsieur Chollet, j'ai lu votre excellent rapport sur le personnel des églises de Paris; c'est bien, c'est très-bien... Il y a même du style; continuez ainsi, et vous aurez quelque jour une place dans les bureaux d'un ministère.

CHOLLET.

Monsieur, on peut compter sur mon zèle et mon dévouement; ce n'est pas d'aujourd'hui que j'ai donné des gages à la bonne cause : c'est moi qui, dans l'affaire de Colmar....

LE SECRÉTAIRE.

Oh! je le sais bien; Monsieur, on vous tient compte de tous vos services.

CHOLLET.

Je suis charmé que mon petit mémoire ait fait

plaisir à Monsieur le duc. (*Avec embarras.*) Il m'avait promis une gratification...

LE SECRÉTAIRE.

Mais, je n'ai pas pu soumettre encore votre rapport à Monseigneur; il a depuis quelques jours tant d'occupation ! Je vous promets, cependant, qu'à son premier moment de loisir, il l'aura sous les yeux. Revenez un de ces jours... J'aurai des ordres à vous donner... Mais je vous le répète, Monsieur Chollet, je suis fort content de votre style. (*Les deux agens se retirent lentement dans le fond. A Larose.*) A vous, mon brave; c'est Monsieur le comte qui vous envoie? Qu'y a-t-il de nouveau dans l'armée? du bon sans doute.

LAROSE.

Oh! du bon et du meilleur! j'ai ici l'ordre du jour; M. le comte vous a couché cela tout au long dans ce papier. Mais, moi je n'ai pas besoin de bulletin pour parler: j'ai tout vu de mes yeux.

(*Il lui remet un pli.*)

LE SECRÉTAIRE.

Qu'est-il donc arrivé? dites.

LAROSE.

Cette année tous nos régimens se distinguent; c'est à qui remplira mieux ses devoirs.

CHOLLET, *à Jacques, dans le fond de l'appartement.*

De quels devoirs parle-t-il ?

LE SECRÉTAIRE.

A-t-on fait la petite guerre ?

LA ROSE.

Monsieur fait le malin ! mais j'ai assisté à la fête. Ils étaient quatre-vingts soldats, tout le corps des officiers et le colonel en tête ; c'était plaisir à voir. Avant la cérémonie, on leur a fait un petit discours, comme faisait le petit caporal le matin d'une bataille, et ils ont eu double paie ; plus, une bouteille de vin par tête. Aussi, le soir ils étaient, ma foi ! comme qui dirait dans la vigne du Seigneur. Mais ce n'est pas fini ; on parle pour dimanche prochain de tout un régiment de la garde royale, avec ses sapeurs et le tambour-major. Si la gratification dure, toute l'armée y passera.

(Chollet et Jacques rient.)

JACQUES.

Qui l'aurait dit, quand nous pillions les églises en Espagne?

(Ils sortent.)

LE SECRÉTAIRE.

Vous êtes un brave, mon vieux ; je suis content de vous. Vous direz à M. le comte, que M. le duc le remercie beaucoup de ce rapport. Et dimanche prochain irez-vous aussi à la cérémonie ?

LAROSE.

Par la corbleu, si j'irai ! Quand j'aurai comme Francœur une jambe de bois!... Je n'ai jamais manqué une revue.

(Il sort.)

LE SECRÉTAIRE, seul.

Quelle vie! un homme comme moi être obligé d'écouter tant de sottises. et d'y répondre !... Du moins, si l'on n'avait à faire qu'à des imbécilles de haut étage.. Il y a toujours quelque chose à gagner; mais être forcé de se salir avec toute cette canaille !... Ouf... Quand on part d'en bas, on fait son chemin lentement;... toute montée est rude, surtout pour arriver à une position honorable, quand la fortune ne vous donne pas la main. Patience, quelque jour j'arriverai peut-être !... Si M. le duc est nommé à la présidence du conseil, je suis de droit maître des requêtes, et voilà ma carrière assurée. Que j'en vienne là, et ils peuvent confier leur correspondance secrète au diable, s'ils veulent: je lui cède volontiers mon emploi. Une fois sûr de la terre qui est sous mes pieds, je saurai bien me pousser par une voie moins obcure... Un homme comme moi..!

Puisque j'ai un momemt de liberté, relisons cette ode que je composais, quand ces marauds sont venus m'interrompre. Il faut que je l'achève avant les premiers jours de novembre, pour la présenter avec les stances sur l'anniversaire de la

Saint-Charles. Il y a dans ces deux pièces un talent prononcé... Si elles pouvaient me faire obtenir la croix... ce n'est pas que j'y tienne beaucoup..... mais cela ferait plaisir à ma mère.

(Il prend des papiers dans sa poche et lit.)

MON GÉNIE POÉTIQUE,

ODE A MES AMIS.

Déclamons quelques strophes pour écouter le rhythme.

Oh! que j'aime, à travers sa marche cadencée,
Poursuivre vaguement ma muette pensée!
Mais craignez d'approcher vos lèvres de ce miel,
Après l'avoir goûté toute coupe est amère;
Car il n'est plus de joie, amis, sur cette terre,
Pour qui connut le ciel.........

Ici je mettrai des points.

Je ne demande rien au monde qu'un beau rêve :
Et, pour moi, que le jour ou commence, ou s'achève,
Par mon cœur mollement je me laisse bercer :
Semblable au passereau qui, sur le saule agile,
Au souffle carressant de la brise mobile,
Se laisse balancer.

Je suis comme la feuille errante et desséchée,
Que les grands vents d'hiver de l'arbre ont détachée :
Sans crainte elle se fie au vol de l'aquilon;
Et va rejoindre au loin d'autres feuilles comme elle;
Comme si du Très-Haut la sagesse éternelle
Eût marqué sa place au vallon.

Quelle harmonie!... et dans ces derniers vers, quelle profondeur de pensée!..... On a donné des croix pour des vers qui ne valaient pas ceux-là; mais l'intrigue!.... les femmes!.... J'entends venir le duc; mettons-nous à écrire.

(Il se met à un bureau et feuillette des papiers. Entrent le duc de Saint-Elme et le baron de Montbrun. Ils parlent avec feu.)

LE BARON DE MONTBRUN.

Monsieur le duc, ce que je vous dis-là est certain; je peux l'affirmer sur ma parole; je sors du château.

LE DUC DE SAINT-ELME.

Impossible, mon cher de Montbrun, c'est un faux bruit. Le président du conseil m'a promis lui-même ce matin.....

LE BARON.

Ah! vous croyez encore aux promesses du président!

LE DUC.

Mais je pense qu'il n'aurait pas voulu se jouer de moi.

LE BARON.

Un joueur de profession se joue de tout le monde.

LE DUC.

Je voudrais bien voir que ce petit Monsieur.... Mais non, non, impossible.

LE BARON.

Monsieur le duc, vous me feriez perdre patience! Je vous répète que je sors du château ; tout le monde y est en feu. On sait que le président a eu, ce matin, une entrevue avec l'Anglais : ils ont rédigé, en commun, l'*ultimatum* de leur politique, et notre ministre a osé présenter cette note et y donner son adhésion.

LE DUC.

Mais en êtes-vous bien sûr ?

LE BARON.

J'en suis sûr, aussi sûr que de vous parler en ce moment.

LE DUC.

Jour de Dieu ! si cela était vrai !.... Après m'avoir promis ce matin.... Se jouer ainsi de moi !.....

LE BARON.

Tout le monde est furieux..... S'il paraît dans le salon, je ne répondrai pas de l'accueil qu'on va lui faire. Notre brave comte veut l'appeler en duel.

LE DUC.

Si cela est, mon petit Monsieur, vous n'aurez pas affaire ici à vos députés ; je vous apprendrai votre vivre.... Ah! vous croyez nous mener comme votre chambre.

(Entre le comte de la Tulipe.)

LE COMTE.

Eh bien, Monsieur le duc, vous savez la nouvelle? Nous sommes Anglais.

LE DUC.

Qui l'a dit?

LE COMTE.

Le président du conseil.

LE DUC.

Il en a menti.

LE COMTE.

Mais si on lui laisse faire....

LE DUC.

Il ne fera rien : il n'y aura d'Anglais en France que lui et son C....g.

LE COMTE.

Compromettre ainsi notre honneur national!

LE DUC.

Après m'avoir donné sa parole!

LE COMTE.

Monsieur le duc, c'est à nous de sauver l'indépendance du trône.

LE DUC.

Nous sauverons la monarchie.

LE COMTE.

Il y va de l'honneur de la France; tous les gens comme il faut doivent se joindre à nous.

LE DUC.

Une telle politique ne saurait plaire qu'à des marchands.

LE COMTE.

Grâce à Dieu, tout n'est pas marchandise en France; jnsqu'ici, du moins, notre honneur et nos bras n'ont jamais été vendus.

LE BARON.

Ce noble langage est digne du plus loyal de nos braves. Oui, Messieurs, nous pouvons tout sauver; mais il faut exiger, dès ce jour, la démission ou le renvoi du ministre dirigeant et de ses trois commis.

LE DUC.

Qu'on les mette à la porte!

LE SECRÉTAIRE, *dans le fond du théâtre.*

Je ferai mon chemin.

LE COMTE.

Je veux leur donner à tous du plat de mon épée sur les deux joues.

LE DUC.

Mon petit Gascon, à l'avenir quand vous promettrez quelque chose à un homme comme moi, vous tiendrez mieux votre parole.

LE BARON.

Si l'on m'avait cru, depuis long-temps ce Gascon ne manquerait plus de parole aux royalistes, et tout n'en irait que mieux.

LE DUC.

Il a beau s'enfoncer dans son fauteuil, il faut qu'il en déloge, dût-on l'en tirer par les pieds.

LE COMTE.

Flanqué au conseil de ses trois commis, et toujours retranché derrière ses petites ruses et ses mensonges, il a cru rendre sa position imprenable; mais nous avons emporté bien d'autres places que sa présidence. Je déblayerai son fauteuil quand je saurais passer la garnison au fil de l'épée.

LE BARON.

Bravo, Monsieur le comte; la France sait que vous n'avez pas oublié le chemin de la victoire.

LE COMTE.

Ni celui du conseil.

LE BARON.

L'ennemi ne vous y attendra pas.

LE COMTE.

Il faudra bien qu'il sonne la retraite.

LE BARON.

Oh! pour le coup, il sortira.

LE COMTE.

Mort ou vif.

LE DUC.

Sans doute, on ne peut plus garder un pareil homme.... Après m'avoir promis... quelle impudence!.... Mais je fais une réflexion; craignons de trop nous hâter..... Nous n'avons pas vu ces Messieurs..... rien n'est décidé entre nous.... qui le remplacera?

LE COMTE ET LE BARON, ensemble.

Qui le remplacera!

LE DUC.

Oui, Messieurs, qui se chargera de la présidence?

LE COMTE, vivement.

D'abord, il n'est pas nécessaire que le nouveau ministre des finances soit, comme celui-ci, président du conseil. Il est même inconvenant que, dans un état militaire comme notre France, la place d'honneur soit pour un financier.

LE DUC.

Sans doute; mais encore faut-il qu'il y ait un président : qui prendra le fauteuil ?

LE BARON.

Qui prendra le fauteuil? vous, Monsieur le duc?

(Le comte de la Tulipe paraît piqué.)

LE SECRÉTAIRE, au fond de l'appartement.

Me voilà maître des requêtes.

LE DUC.

Ah! Messieurs, veuillez m'excuser : vous avez pour moi trop de déférence. Monsieur le comte, je ne mérite pas..... d'ailleurs, Messieurs, je ne suis pas assez au courant des administrations..... Vous le savez, quelque esprit qu'on ait dans le monde, l'usage des affaires peut seul donner cette habileté....

LE BARON.

Monsieur le duc, ce n'est pas l'habileté qui sauve les empires : c'est l'honneur. Montesquieu, l'a dit : l'honneur est le principe de la monarchie.

LE COMTE.

Sans doute, l'honneur national! et de tout temps l'armée a été chargée de le défendre.

LE DUC.

Je sais, Monsieur le comte, qu'un sujet fidèle est toujours prêt à se sacrifier à son roi.

LE BARON.

Vous ferez, Monsieur le duc, le bonheur de la France.

LE DUC.

C'est le plus cher de mes vœux..... Vous l'ordonnez, Messieurs; j'accepte la présidence, mais à une condition.... Vous entrerez dans le conseil avec moi, pour m'éclairer de vos lumières. Vous, Monsieur le comte, vous avez votre place faite; elle est au champ d'honneur. La France sera fière de voir, à la tête de l'armée, un ministre dont elle ne saurait trop payer les services. Ce n'est pas dans notre beau pays qu'on marchande avec la victoire; elle ne coûte jamais trop cher. Quant à vous, mon cher de Montbrun, vous pouvez choisir entre l'intérieur et les sceaux; le ministre de la guerre reprendra sa marine. Vous savez que les autres fauteuils sont occupés.

LE BARON.

Monsieur le duc, vous le voulez, j'obéis.

LE DUC.

Et vous aussi, Monsieur le comte, j'ai votre parole.

LE COMTE.

Comptez sur moi... Il est un point, Messieurs, sur lequel nous sommes tombés d'accord, et que nous n'avons pas décidé : c'est l'inconvenance de laisser la qualité de président du conseil attachée au ministre des finances.

LE DUC.

Monsieur le comte, il faut bien qu'il y ait un président.

LE BARON.

Je vous demande pardon, mais Monsieur le comte a raison : cela n'est pas monarchique. D'ailleurs, le ministère des finances est déjà si pénible par lui-même, son administation immense exige tant de soins... Il conviendrait mieux que la présidence fût attachée aux sceaux, ou à l'intérieur... Si Monsieur le duc voulait se charger d'un de ces portefeuilles beaucoup plus honorables, je prendrais sur ma tête les embarras des finances, et la présidence passerait au fauteuil que Monsieur le duc choisirait.

LE DUC.

Ah ! mon cher de Montbrun, l'excellente idée ! comment ne m'est-elle pas venue d'abord ? Je ne me sentais pas de goût pour les finances ; c'est une chóse arrêtée : je prends l'intérieur, on dit qu'on y fait moins.

LE BARON.

Oh ! presque rien, je vous assure ; mais c'est déjà bien assez des soins de la présidence.

LE DUC.

Monsieur le comte, vous voilà satisfait.

LE COMTE, piqué.

Oh ! je suis satisfait... très-satisfait.

LE DUC.

Ah çà, Messieurs, en prenant le pouvoir, nous adoptons un système de gouvernement qui présidera à tous nos actes de politique générale, et tracera invariablement la ligne que chacun de nous doit suivre dans son administration.

LE BARON.

Assurément, il faut adopter un système.

LE COMTE.

Le système religieux et monarchique.

LE DUC.

Ce qui perd les états, c'est quand les dépositaires du pouvoir n'ont point de système.

LE BARON.

Sans système, tout n'est que confusion ; il y a

malaise dans le corps social, et la monarchie s'en va en poussière. Nous en avons la fatale expérience. Heureusement nous arrivons à temps pour en recueillir les débris et en relever l'édifice.

LE DUC.

Mon cœur me dit que la France est sauvée.

LE BARON.

Le cœur d'un chevalier français n'a jamais menti.

LE COMTE.

Il faut maintenant voir tous ces Messieurs, leur communiquer ce qui est arrêté entre nous, et dès demain obtenir l'ordonnance.

LE DUC.

Je m'en charge, Monsieur le comte.

LE COMTE.

Moi, Messieurs, je vais voir ce qui se passe au château; je sonderai le terrain de nos opérations, et je veux dès ce soir emporter les avant-postes. Adieu donc, Messieurs, au revoir.

LE DUC.

Adieu, Monsieur le comte.

LE COMTE, sortant.

L'état militaire est perdu en France.

LE BARON.

Qu'a-t-il donc, notre brave ? Il sort en gromelant ; je le crois piqué.

LE DUC.

Oh ! point du tout ; ce sont ses manières. Entre nous, c'est un bon soldat ; mais il a appris son monde au bivouac ; et on a beau faire, ces gens-là *sentent toujours le chou dont ils furent nourris.* Ça ne nuit pas au courage ; on peut d'ailleurs compter sur sa fidélité. Depuis la restauration, il a toujours bien pensé. Quand on connaît les hommes, on sait se mettre à leur portée.

LE BARON.

Comme vous voudrez ; mais rien ne ferait sortir cette idée de ma tête : je crois que le comte, en entrant au conseil, en voulait à la présidence.

LE DUC.

Que dites-vous ? mon cher de Montbrun, il n'a pu y songer. Croyez-vous qu'il voudrait me disputer la place d'honneur ? Oh ! non ! impossible ; ce n'est pas dans son caractère. Quoiqu'il n'ait pas reçu beaucoup d'éducation, il comprend trop bien quelle est notre position respective : ce n'est pas un de ces soldats à qui la fortune a tourné la tête. Il m'a dit cent fois que la nouvelle noblesse, dans toute question de préséance, devait céder à l'ancienne. Ce ne sont pas les nobles de l'empire, mon cher baron, qui nous disputent le pas; ce sont les riches traitans qui n'ont point de titres.

LE BARON.

Il faut leur en donner.

LE DUC.

Je m'en occuperai en entrant dans les affaires: on ne saurait trop renforcer les rangs de la noblesse contre les envahissemens de la démocratie.

LE BARON.

Il faut groupper autour des grands noms héréditaires, des nobles de nouvelles création; ce sont des ouvrages avancés qui mettent l'illustration des anciennes familles hors des atteintes du vulgaire.

LE DUC.

Vous avez là une excellente idée: nous la ferons entrer dans notre système. Il ne nous reste maintenant qu'à voir chacun de notre côté tous ces Messieurs, pour leur faire part de la nouvelle composition du conseil.

LE BARON.

Je ne sais si vous serez de mon avis; mais il me semble qu'il serait bon d'indiquer, ce soir même, une assemblée générale dans laquelle on aurait l'air de prendre en commun les dernières résolutions, et on laisserait croire à ces Messieurs que ce sont eux qui ont tout fait.

LE DUC.

Je comprends, et je vous approuve. Quand on a, comme nous, la connaissance des hommes, on sait qu'il faut ménager leur amour-propre. Avec un peu de tact, on fait des hommes tout ce qu'on veut; mais il faut bien se garder de le leur dire.

LE BARON.

Ah! Monsieur, comme vous connaissez le cœur humain!... Je crois rencontrer à peu près tout notre monde au château. Ceux que je ne verrai pas, seront convoqués à domicile.

LE DUC.

Mon cher de Montbrun, je m'en rapporte à vous; nous sauverons la France.

LE BARON.

La France est sauvée! (En sortant.) Je suis enfin ministre à portefeuille.

(Le secrétaire s'avance du fond du théâtre vers le duc de Saint-Elme.)

LE SECRÉTAIRE.

Monsieur le duc, permettez-moi de vous présenter mes félicitations; la France va donc enfin être gouvernée par un ministre digne de représenter la gloire héréditaire d'une monarchie de quatorze siècles.

LE DUC.

Oui, mon cher Charles, je me résigne aux affaires; c'est pour sauver mon roi et mon pays.

LE SECRÉTAIRE.

Mon roi et mon pays! Tout chevalier français porte cette devise gravée dans son cœur comme sur sa bannière.

LE DUC, *montrant son cœur.*

Oui, mon cher Charles, elle fut toujours là; aux jours de l'adversité comme aux temps les plus prospères.

LE SECRÉTAIRE.

La fidélité ne prit jamais conseil de la fortune. C'est une seconde religion du cœur; elle met sa joie dans son dévouement et ne vit que de sacrifices.

LE DUC.

Ah! jeune homme, quelles nobles inspirations! Votre âme n'est pas de votre âge; elle comprend l'antique honneur.

LE SECRÉTAIRE.

J'en ai tous les jours devant les yeux le vivant modèle.

LE DUC.

Je l'avouerai, le titre de sujet fidèle fut ma seule ambition, et je ne crois pas qu'on me le refuse.

LE SECRÉTAIRE.

La confiance de Sa Majesté le sanctionne à jamais. Heureux les ministres pour qui le pouvoir n'est que la récompense d'une fidélité éprouvée!

LE DUC.

Tous les vétérans de la fidélité partageront cette récompense avec moi. Je ne ferai pas rougir leur honorable misère, en leur jetant l'aumône du trois pour cent. Il faut avoir partagé l'exil de la royauté pour comprendre comment le royalisme du cœur se récompense. Mais si je promets les sollicitudes de mon administration à la vieille fidélité, je sais aussi ce qu'on doit à la fidélité plus jeune. Toutes les fidélités sont sœurs.

LE SECRÉTAIRE.

Elles ont du moins la même origine; toutes partent du cœur; elles ne diffèrent que d'âge.

LE DUC.

Jeune homme, j'aime à vous entendre parler ainsi. Quoi qu'on en dise, tout n'est pas corrompu dans la génération qui s'élève... Mais dites-moi, mon ami, où en est notre correspondance? Avez-vous reçu quelques nouvelles importantes des départemens ?

LE SECRÉTAIRE.

Toutes les lettres que nous recevons, s'accordent à faire les rapports les plus satisfaisans sur les améliorations de la morale publique. L'association fait les progrès les plus rapides ; tous les fonctionnaires se font un devoir de s'affilier. Le peuple des villes et des campagnes revient de plus en plus aux sentimens monarchiques et religieux. C'est un heureux effet des missions, qui font entendre la parole de Dieu au fond des plus humbles hameaux, comme dans les villes les plus populeuses. Le peuple accueille partout les missionnaires avec la même reconnaissance et les mêmes transports. Dimanche dernier, a eu lieu, à Caen, la procession générale pour la clôture des exercices de la mission et la plantation de la sainte croix. Cette ville offrait, ce jour-là, le spectacle le plus touchant. Outre le concours immense des fidèles qui se pressaient dans les rues pour voir défiler la procession, on voyait, rangées sur deux lignes, des femmes de tous les âges et de tous les rangs de la société, qui marchaient en chantant des cantiques, tenant à la main une petite bannière et un cierge allumé. Après venaient M. le préfet, les conseillers de préfecture, le maire et ses adjoints, le conseil municipal et toutes les autorités constituées de la ville. On distinguait même plusieurs fonctionnaires de l'arrondissement, qui s'étaient fait un devoir de venir assister à la plantation de la croix. La marche était terminée par la garnison sous les armes et en grande tenue. Depuis long-temps on n'avait pas vu, dans ce pays, une cérémonie aussi imposante.

LE DUC.

La religion, seule, peut donner tant de pompe à ses solennités; aussi je veux que sous mon administration elle n'ait plus rien à regretter de son ancien lustre ... Vous aurez soin d'écrire aux préfets des centuries de tous les départemens, les changemens qui doivent avoir lieu dans le conseil. Puisque nous avons de la joie, mon enfant, il est juste que tous nos frères se réjouissent. Quant à vous, mon cher Charles, vous savez ce que je vous ai promis. Le jour que j'entre au pouvoir, le conseil d'état devient la récompense de vos services.

LE SECRÉTAIRE.

Oh! Monsieur le duc, ce ne fut jamais dans des vues d'ambition....

LE DUC.

Je le sais, jeune homme; je connais votre cœur. Mais le temps est passé où le dévouement désintéressé restait sans récompense. Adieu.

(Il sort.)

LE SECRÉTAIRE, seul.

Pour le coup, m'y voilà. Je suis maître des requêtes.... Mettons-nous vite à cette maudite correspondance. Je crois, Messieurs les centurions de province, que vous voyez de mon style pour la dernière fois.

(Il s'assied à son bureau et se prépare à écrire. Entre la duchesse de Saint-Elme.)

LE SECRÉTAIRE.

Ouf! la duchesse! Cette femme est toujours là.

LA DUCHESSE.

Bonjour, Monsieur Charles; je ne croyais pas que vous fussiez seul. M. de Saint-Elme n'est pas ici?

LE SECRÉTAIRE.

Il vient de sortir, madame.

LA DUCHESSE, avec enjouement.

Dans ce cas, ce n'est pas lui que je cherchais. (Elle le regarde avec tendresse.) Vous ne me dites rien, Charles. Que faisiez-vous donc? Peut-être êtes-vous occupé dans ce moment?

LE SECRÉTAIRE, avec expression.

Du bonheur de vous voir, madame.

(Il lui baise la main.)

LA DUCHESSE.

Madame, est bien froid. Ce mot ne vient pas du cœur.

CHARLES.

Éliza !

(Il veut l'embrasser.)

LA DUCHESSE.

Non, non, Charles, je ne veux pas. Vous ne méritez rien, Monsieur ; vous m'avez fait un accueil glacial.

CHARLES.

Mon Éliza ! si tu lisais dans mon âme !....

LA DUCHESSE, toujours avec enjouement

J'y verrais que vous êtes un perfide. Non, Monsieur, vous ne m'aimez plus. (Il cherche de nouveau à l'embrasser.) Laissez-moi, laissez-moi. (Elle le regarde avec feu.) Je ne veux plus vous aimer.

CHARLES.

Éliza, ne dis pas ce mot... il me tue !

(Ils s'embrassent. Moment de silence.)

LA DUCHESSE, se dégageant de ses bras.

Charles, je suis trop faible, je n'aurais pas dû vous pardonner.

(La porte s'ouvre ; un domestique annonçant :

Madame la marquise des Trois-Châteaux.

LA DUCHESSE.

Que me veut cette femme? Débarrassons-nous vite d'elle. (Au domestique.) Faites entrer.

CHARLES, à part, tandis que la duchesse est devant une glace.

C'est le ciel qui l'envoie : une corvée de moins !.. Sauvons-nous.

LA DUCHESSE.

Mais tu sors, Charles ?

CHARLES.

Un ordre de M. le duc m'appelle à l'hôtel des affaires étrangères : on va fermer les bureaux. J'oubliais l'heure auprès de toi.

LA DUCHESSE.

Tu seras ce soir chez monseigneur le cardinal ?

CHARLES.

J'y serai.

LA DUCHESSE, à demi-voix.

Adieu.... A ce soir!

(Entre la marquise des Trois-Châteaux. Charles la salue et sort.)

LA DUCHESSE.

Ma bonne Louise, que je suis heureuse de te voir !

LA MARQUISE.

Bonjour, ma bonne Éliza; comment te portes-tu ?

LA DUCHESSE.

C'est mon jour de migraine. Je me trouve bien sotte aujourd'hui.

LA MARQUISE.

Comme j'ai été contrariée ce matin! Si tu savais ce qui m'est arrivé ! En sortant de la messe, ce lourdaud de chasseur, pour mettre la petite Diane dans la calèche, l'a laissée tomber : la roue a déchiré sa patte; elle criait! Pauvre petite bête! C'est qu'il y avait du sang!

LA DUCHESSE.

Du sang ! Elle a eu donc bien du mal ? Pauvre petite Diane! Ce lourdaud de chasseur mériterait...

LA MARQUISE.

J'ai été tout ce matin d'une colère contre lui.... Je n'ai pas voulu qu'il me servît au déjeûner. Si ce n'était pas pour sa tenue.... mais ce garçon fait de l'effet derrière une voiture.... C'est réellement un bel homme.

LA DUCHESSE, souriant.

Tu me l'as dit souvent

LA MARQUISE.

Que tu es méchante ! Viendras-tu ce soir à *Sémiramide?* C'est la dernière représentation de Pasta, avant son départ.

LA DUCHESSE.

Je vais, ce soir, chez monseigneur le cardinal; je le lui ai promis.

LA MARQUISE.

Je devais bien y aller aussi; voilà trois semaines que je n'y ai pas mis le pied. Mais que veux-tu? on s'ennuie à mourir; on ne danse pas; et les conversations sur les exercices du Sacré-Cœur ne m'amusent guère. C'est bien assez des sermons de l'église.

LA DUCHESSE.

A t'entendre, on dirait, vraiment, que tu n'as point de religion.

LA MARQUISE.

Dis ce que tu voudras, pourvu que tu ne dises pas qu'aux soirées du cardinal on s'amuse. D'ailleurs Gustave ne veut pas absolument que je le présente; et il m'a écrit qu'il serait ce soir aux Italiens.

LA DUCHESSE.

Tu as toujours ton Gustave en tête. Je crains bien que cette liaison ne finisse mal pour toi. Si ton mari venait à s'en apercevoir....

LA MARQUISE.

Comment veux-tu qu'il s'en aperçoive?

LA DUCHESSE.

Je ne le souhaite pas. Mais ces attachemens, qui ne sont pas approuvés par la religion et la morale, ne mènent à rien de bon.

LA MARQUISE.

Tu es encore avec ta religion et ta morale. Oh! de grâce! ne me fais plus de sermons; je commence à en avoir par dessus la tête.

LA DUCHESSE.

Tu as tort, ma bonne amie. Comme nous le dit souvent Son Éminence, ce sont les hautes classes de la société qui doivent donner le bon exemple au peuple.

LA MARQUISE.

Oh ! pour donner le bon exemple, je suis de ton avis. Écoute ; je vais tous les matins à la messe ; je fais partie, comme toi, de la congrégation du Sacré-Cœur et des dames de la charité; mais hors de là, j'aime à m'occuper d'autres choses.

A propos, puisque tu me grondes sur mon peu de religion, il faut que je t'apprenne une nouvelle qui te prouvera que j'ai plus de dévotion que tu ne crois. Je quête après-demain aux Missions Étrangères, pour l'œuvre des enfans trouvés. C'est l'abbé Tribodet qui prêche. Il y aura beaucoup de monde.

LA DUCHESSE, froidement.

Ah! c'est toi qui quêtes?

LA MARQUISE.

C'est moi. Ne me plains pas cet honneur; il m'a coûté assez de peine. Je suis allée trois fois chez M. le directeur; enfin je l'ai emporté.... Sans cela je ne mettais plus les pieds dans l'œuvre; je l'ai dit au directeur. Nous étions quatre à qui M. l'abbé avait promis cette faveur. Mais veux-tu connaître mes trois concurrentes? D'abord tu devines la première; l'éternelle comtesse de Lurat, la quêteuse inévitable : depuis dix ans elle tient le bassin dans toutes les cérémonies. Ce serait pourtant un service d'amie à lui rendre, de l'avertir qu'elle n'est plus jeune; elle a bien encore quelque fraîcheur pour une personne de son âge, mais je ne crois pas que ses regards en dessous donnent des distractions aux habitués des sermons où va le monde; ils doivent la savoir par cœur. La seconde était la baronne de Montbrun : après l'aventure qui lui est arrivée je ne sais pas comment elle ose se montrer en public! Et la troisième, la bru de M. d'Aroux, le banquier : ce sont des gens qui pensent bien, mais qui ne sont pas du monde. Je te demande, si après m'être mise sur les rangs, j'aurais dû supporter qu'une de ces dames me fût préférée?

LA DUCHESSE.

Mais, non.

LA MARQUISE.

J'espère que tu viendras me voir quêter.

LA DUCHESSE.

Peut-être je n'aurai pas le temps. Après-demain j'aurai beaucoup de visites.

LA MARQUISE.

Ah! ma bonne, si tu me jouais un pareil tour!.. Au moins si tu ne peux pas venir, ne manque pas de lire la *Quotidienne* du lendemain : tu verras mon nom imprimé en entier.

LA DUCHESSE, avec ironie.

Voilà de quoi être fière! se faire imprimer toute vive!

LA MARQUISE.

Comme tu es dédaigneuse aujourd'hui! Mais je t'avoue, ma bonne, qu'après le plaisir de voir tout le monde vous regarder dans l'église, je n'en connais pas de plus grand que celui de lire, le jour suivant, son nom dans le journal : du moins on est sûre que, ce jour-là, toute la France s'occupe de vous.

LA DUCHESSE.

C'est un honneur que l'on partage avec les femmes des agens-de-change qui quêtent pour les Grecs.

LA MARQUISE.

Mais que te dirai-je ? Si les Grecs n'étaient pas des révolutionnaires, j'aurais quêté bien volontiers pour eux ; il est toujours agréable de voir son nom imprimé en tête de la somme versée dans la caisse du comité.

LA DUCHESSE.

Que ne faisais-tu comme la comtesse de Lurat dont tu parlais tantôt ; elle a voulu quêter aussi pour les Grecs ; mais elle a eu beau changer tous les jours de cachemire, et mettre tout ce qu'il y avait de plus frais en modes, elle n'a pas fait d'argent : c'est tout simple ; elle se faisait accompagner par son chasseur. Les révolutionnaires ne donnent qu'à ceux de leur état. Aussi les femmes des notaires ont bien ri d'elle. Voilà ce qu'on gagne à se compromettre.

LA MARQUISE.

Aussi, qui te parle de se compromettre ? D'ailleurs, dans cette quête pour les Grecs, ce n'est pas de la comtesse seule qu'on a ri. Elles riaient toutes les unes des autres, et se déchiraient réciproquement : dans les soirées on ne parlait que de la parure des quêteuses, de leur manière d'entrer dans les magasins, et d'adresser la parole aux jeunes gens qui sont là. Toutes voulaient avoir fait le plus d'argent : c'étaient des cancans à ne plus finir... Mais il n'en est pas moins vrai qu'il fait plaisir de voir son nom imprimé dans les journaux, même au milieu de cette cohue.

LA DUCHESSE.

Ma bonne, je t'en souhaite.

LA MARQUISE.

Ma chère, je vais te laisser. Je t'ai fait causer trop long-temps. Nous nous accorderons un autre jour ; j'oubliais que rien n'indispose contre la gloire comme la migraine. Ma marchande de modes doit venir chez moi à quatre heures ; je vais voir ce qu'elle m'aura apporté. Adieu, ma bonne. (Elle lui fait un baiser.) Mais, je t'en prie, ne manque pas la cérémonie.

LA DUCHESSE.

Je te l'ai dit : je ne crois pas pouvoir y aller.

(La marquise sort.)

LA DUCHESSE, seule et agitée.

On fait faire la quête à Madame !.... M. le directeur ne me l'aurait pas proposée à moi. Il faut que j'en parle à Son Éminence... Elle est venue tout exprès pour me le dire... pour me mortifier... La sotte femme ! elle n'a que de la vanité !

(Elle sort.)

FIN DU SECOND ACTE.

(*Le jour suivant; même salon qu'au premier acte.*)

Entrent le président du conseil, le ministre de l'intérieur et le garde-des-sceaux; ils parlent avec feu.)

LE PRÉSIDENT.

Mais croyez-vous qu'ils demandent positivement ma démission?

LE GARDE-DES-SCEAUX.

Ils l'exigent; et la nôtre aussi. Vous le savez depuis long-temps, ils n'attendaient qu'un prétexte; la note anglaise le leur a fourni. Ils voient dans cette note des outrages à la monarchie, à la morale publique, à l'indépendance du roi d'Espagne, à bien d'autres choses encore; et leur conclusion est le prompt renvoi des ministres qui l'ont présentée.

LE MINISTRE DE L'INTÉRIEUR.

Je le disais bien : pourquoi s'expliquer? il fallait attendre.

LE PRÉSIDENT, avec emportement.

Il fallait attendre! N'avons-nous pas attendu assez long-temps? Mais les événemens ont perdu patience; et vous me la feriez perdre à moi. Croyez-vous que les affaires sont comme vos monumens; et qu'après avoir posé la première pierre, on peut les laisser là pendant vingt ans, assuré de toujours les retrouver à la même place? Le ministre anglais demandait une réponse positive: il a fallu la donner.

LE GARDE-DES-SCEAUX.

Sans doute; et il faut avoir affaire à une poignée d'intrigans.

LE MINISTRE DE L'INTÉRIEUR.

Aussi, quelles gens! Ils n'ont pas un moment de repos.

LE PRÉSIDENT.

Puisqu'ils aiment tant à se donner du mouvement, je vais leur tailler de l'ouvrage. Tout rusés qu'ils sont, j'enfumerai ces renards dans leurs terriers. Je veux mettre après eux toutes les cours royales du royaume.

LE MINISTRE DE L'INTÉRIEUR.

C'est le cas de nous déclarer ouvertement gallicans.

LE PRÉSIDENT.

Nous serons, s'il le faut, jansénistes.

LE GARDE-DES-SCEAUX.

Mais s'ils obtenaient l'ordonnance!

LE PRÉSIDENT.

Ils n'obtiendront rien, quand je saurais faire la guerre à l'Angleterre.

LE GARDE-DES-SCEAUX.

Leur ministère est pourtant déjà composé. Ils ont tenu hier une assemblée générale pour fixer les choix. Comme vous pensez bien, Montbrun ne s'est pas oublié; mais c'est le vieux duc de Saint-Elme qui aurait la présidence.

LE PRÉSIDENT, riant.

C'est le duc de Saint-Elme qui serait président?

LE GARDE-DES-SCEAUX.

Le duc de Saint-Elme.

LE PRÉSIDENT, riant aux éclats.

Voilà une forte tête. Le duc de Saint-Elme président! Pour le coup, je voudrais voir cela. Le triomphe de la religion et de la morale serait assuré.... Je donnerais, pour voir cela, je donnerais tout ce que je possède.

LE GARDE-DES-SCEAUX.

Mais il ne tient qu'à vous.

LE PRÉSIDENT.

Ah! Messieurs de la religion et de la morale, vous n'en êtes pas encore où vous croyez. Ce n'est, ni à l'Opéra, ni à la sacristie, qu'on apprend à se jouer d'un homme d'état... Écoutez, Messieurs; en attendant l'heure de la réunion diplomatique, je serai d'avis que vous allassiez au château. Suivez de l'œil toutes leurs manœuvres, mais ne vous expliquez pas sur la politique du conseil. Vous surtout, Monsieur le garde-des-sceaux, modérez cette ardeur qui vous emporte quelquefois. Sachez rester calme comme M. le comte.

LE MINISTRE DE L'INTÉRIEUR.

Si nous n'avons rien à craindre de leurs prétentions, je les défie bien de me mettre en colère.

LE PRÉSIDENT.

Surtout ne vous expliquez pas sur notre politique : gardons notre secret entre nous.

LE MINISTRE DE L'INTÉRIEUR.

Ils n'auront pas un mot de moi.

LE GARDE-DES-SCEAUX.

Je veux, comme à l'ordinaire, être aimable avec

tout le monde. Mais je leur apprendrai qu'un chancelier de France peut quelquefois ne rien dire, même en parlant beaucoup.

(Ils sortent.)

LE PRÉSIDENT, seul.

Au diable, si vous leur dites ce que vous ne savez pas !... Il paraît cependant que ces Messieurs veulent me chasser de force.... Pauvres gens, que deviendriez-vous sans moi ?.... Quelle position !... Être réduit à craindre des hommes qui ont passé leur vie dans des intrigues de coulisse ou de confessionnal... Que faire ? Quand on gouverne contre le vent, on n'a pas le choix de la manœuvre : puissions-nous du moins, en biaisant la voile, arriver au port !... (Après un silence.) Notre prélat tarde bien à venir : il m'a promis de les apaiser pour le moment au moins ; mais après une telle bourrasque, le calme coûtera cher. Si, comme le marchand de la fable, je pouvais oublier mes promesses en touchant au rivage ! mais je suis toujours sous leur main. Quelle nouvelle proie faudra-t-il leur jeter ? les registres de l'état civil ? Quelque nouvelle loi sur les partages ? Ils feront tant de folies, qu'à la fin..... Quelles gens ! La liberté de la presse les tourmente ; il faudra la supprimer tout-à-fait. Je n'y tiens pas plus qu'eux ; mais il faut trouver de l'argent. Je ne vois pas jusqu'ici qu'ils s'en passent. Ils m'ont déjà fait manquer ma réduction ; ils m'achèveront mon crédit... alors que deviendra le trône?.... Heureusement la morale sera là pour le sauver.

UN HUISSIER, annonçant.

Son Excellence Monseigneur le ministre des affaires ecclésiastiques.

LE PRÉSIDENT.

Enfin, il arrive! Faites entrer.... Que votre nom soit béni, Monseigneur: je vous attendais avec impatience. Avez-vous vu ces Messieurs? Et bien! que demandent-ils?

LE MINISTRE DES AFFAIRES ECCLÉSIASTIQUES.

Ils ne demandent rien, Monsieur le président... que votre démission; je les ai trouvés intraitables.

LE PRÉSIDENT, effrayé.

Que dites-vous?

LE MINISTRE DES AFFAIRES ECCLÉSIASTIQUES.

Ils sont furieux: rien ne peut les calmer.

LE PRÉSIDENT, avec une agitation toujours croissante.

Ils veulent ma démission!

LE MINISTRE DES AFFAIRES ECCLÉSIASTIQUES.

Ils la demandent impérieusement.

LE PRÉSIDENT.

Mais ne leur avez-vous pas dit...?

LE MINISTRE DES AFFAIRES ECCLÉSIASTIQUES.

J'ai eu beau leur dire, ils ne veulent rien entendre.

LE PRÉSIDENT.

Ils ont donc perdu la tête.

LE MINISTRE DES AFFAIRES ECCLÉSIATIQUES.

Je le crois comme vous.

LE PRÉSIDENT.

Mais il fallait tout leur promettre, je vous l'avais bien dit; je leur donnerai tout ce qu'ils demanderont. Ils veulent les registres de l'état civil, je les leur abandonne ; ils désirent une nouvelle loi sur les successions, je la leur ferai. Est-ce la liberté de la presse qui les contrarie ? je la leur sacrifie. Voilà ce qu'il fallait leur dire; vous pouviez leur tout promettre, leur tout offrir.

LE MINISTRE DES AFFAIRES ECCLÉSIASTIQUES.

J'ai tout promis, tout offert; ni promesses ni dons n'ont pu les apaiser. Monsieur le président, ils veulent votre portefeuille.

LE PRÉSIDENT, avec emportement.

Ils ne l'auront pas.

LE MINISTRE DES AFFAIRES ECCLÉSIASTIQUES.

Ils ont déjà composé leur ministère et prétendent le faire agréer.

LE PRÉSIDENT.

Quelles gens !... Mais croyez-vous qu'ils y parviennent ?

LE MINISTRE DES AFFAIRES ECCLÉSIASTIQUES.

Oh ! ceci est une autre affaire.

LE PRÉSIDENT.

Comment, que voulez-vous dire, Monseigneur ?

LE MINISTRE DES AFFAIRES ECCLÉSIASTIQUES.

En perdant tout espoir de conciliation de ce côté, je me suis rejeté d'un autre : je n'ai pas voulu vous laisser sous la dent du dragon.

LE PRÉSIDENT.

De grâce, expliquez-vous.

LE MINISTRE DES AFFAIRES ECCLÉSIASTIQUES.

Ils ont eu l'imprudence de tout faire sans le cardinal. Vous savez qu'il n'aime pas cet intrigant de Montbrun ; c'est lui qui a tout mené dans cette affaire, et, comme vous pensez bien, il ne s'est pas oublié : il ne prend pour lui que les finances. Les nominations arrêtées, on s'est contenté de les communiquer au cardinal, sans le consulter sur le choix. En apprenant qu'on avait fait des ministres sans lui, il est entré dans une fureur dont vous ne pouvez pas avoir d'idée ; je crois qu'oubliant le saint caractère de notre état, il se prendrait de querelle avec les nouveaux élus, s'il les rencontrait au château. Il en est à ce point. Je l'ai su, je suis allé le voir. Ses premières paroles m'ont mis sur la voie; j'ai achevé d'irriter son amour-propre; je lui ai renouvelé, à lui personnellement, toutes vos offres, et il m'a promis de vous soutenir: vous pouvez y compter.

LE PRÉSIDENT.

Je suis sauvé.

LE MINISTRE DES AFFAIRES ECCLÉSIASTIQUES, souriant.

Et c'est le cardinal qui vous sauve. Convenez-en avec moi, Monsieur le président, hors de l'église point de salut.

LE PRÉSIDENT.

Ah ! Monseigneur, que de grâces j'ai à vous rendre! (D'un ton de légère plaisanterie.) *Gratias tibi, domine.*

LE MINISTRE DES AFFAIRES ECCLÉSIASTIQUES, du même ton.

Vous le voyez, la religion ne sauve pas seulement les empires, elle sauve aussi les portefeuilles. J'espère que vous ne serez pas un ingrat.

LE PRÉSIDENT.

Dites à M. le cardinal qu'il peut tout me demander.

LE MINISTRE DES AFFAIRES ECCLÉSIASTIQUES.

Nous verrons cela plus tard.... Pour le moment, voici ce que nous avons arrêté en commun avec lui. Comme il faut garder des ménagemens avec ces Messieurs, même en déjouant leurs intrigues, pour qu'ils ne puissent pas se plaindre, il faudra, dans la réunion diplomatique, si vous soutenez la politique anglaise, offrir votre démission à Sa Majesté, pour preuve de votre conviction intime.

LE PRÉSIDENT.

Offrir ma démission ?

LE MINISTRE DES AFFAIRES ECCLÉSIASTIQUES.

Oui, Monsieur le président; je la porterai moi-même au château; elle sera refusée; ces Messieurs n'auront rien à dire.

LE PRÉSIDENT.

C'est assez plausible.... Mais offrir ma démission !... S'il y avait là-dessous quelque piége ?

LE MINISTRE DES AFFAIRES ECCLÉSIASTIQUES.

Me croyez-vous capable d'y avoir donné les mains ?

LE PRÉSIDENT.

Si vous vous y étiez laissé prendre ?

LE MINISTRE DES AFFAIRES ECCLÉSIASTIQUES.

Je réponds de tout; croyez vous à ma parole ? Avez-vous d'ailleurs quelque autre moyen d'échapper à la crise ?

LE PRÉSIDENT.

Vous avez raison, je me fie à vous.

LE MINISTRE DES AFFAIRES ECCLÉSIASTIQUES.

Eh bien ! c'est une chose résolue ?

LE PRÉSIDENT.

Je ferai comme vous avez dit. J'offrirai ma démission puisque je n'ai pas d'autre moyen de sauver mon portefeuille.

(Quatre heures sonnent.)

LE MINISTRE DES AFFAIRES ECCLÉSIASTIQUES.

Vous vous décidez à temps. Voilà quatre heures ; ces Messieurs vont arriver.

LE PRÉSIDENT.

Voici déjà quelqu'un.

UN HUISSIER, annonçant.

Monseigneur le duc de Saint-Elme, Monsieur de Montbrun, etc...., etc...

LE PRÉSIDENT.

Leurs Excellences futures et leur majorité.

LE MINISTRE DES AFFAIRES ECCLÉSIASTIQUES.

Ils viennent demander la clôture de votre administration.

(Ils rient. Entrent le duc de Saint-Elme, le baron de Montbrun et plusieurs autres congréganistes.)

LE PRÉSIDENT, s'avançant d'un air ouvert.

Messieurs, soyez les bienvenus. Comment se porte M. le duc?... On ne peut pas se plaindre, vous êtes exacts, Messieurs: l'heure sonne.

LE DUC, froidement.

Comme l'a dit le feu roi de glorieuse et spirituelle mémoire: Notre politesse à nous est l'exactitude.

LE PRÉSIDENT.

Monsieur le duc, toujours de l'à-propos; l'esprit français ne meurt pas.

LE DUC.

C'est pour cela, Monsieur, qu'on ne pourra jamais nous rendre Anglais.

LE PRÉSIDENT.

Ah! Monsieur le duc, je suis battu.

(Pendant ce dialogue, Mgr. le ministre des affaires ecclésiastiques fait beaucoup de politesses à M. de Montbrun et aux autres congréganistes, qui les lui rendent comme à une ancienne connaissance.)

UN HUISSIER, annonçant.

MM les membres du corps diplomatique.

(Le président s'avance vers les ambassadeurs. Moment de silence, durant lequel on échange beaucoup de politesses.)

UN HUISSIER, annonçant.

Son Excellence Monsieur le secrétaire d'état de Sa Majesté Britannique.

(Mouvement général. Tous les yeux se tournent vers la porte d'entrée. Le président court recevoir le ministre anglais. Tous les personnages en scène, excepté les congréganistes, saluent ce dernier de l'air le plus affectueux ; ils leur rend leurs saluts de la même manière.)

LE DUC.

Monsieur le secrétaire d'état se trouve toujours bien de son séjour dans notre capitale ?

LE MINISTRE ANGLAIS.

Oh ! très-bien, Monsieur le duc, je voudrais pouvoir y rester plus long-temps ; on a raison de le dire : Paris est la patrie de l'esprit et des plaisirs, et j'ajouterai, de l'hospitalité généreuse. Il me souviendra long-temps de l'accueil qu'on m'a fait en France.

LE GARDE-DES-SCEAUX.

Comment se porte milady depuis la dernière soirée ?

LE MINISTRE ANGLAIS.

Monsieur, je vous remercie ; l'air de Paris lui est très-favorahle.

(Pendant cet échange de politesses, tout le monde a pris place.)

LE PRÉSIDENT, prenant l'air soucieux.

Vous connaissez les nouvelles, Messieurs. Il est arrivé un courrier ce matin aux affaires étrangères. L'armée d'Espagne déserte en masse.

UN DIPLOMATE ESPAGNOL, rangé parmi les congréganistes.

Monsieur le président, mes instructions ne m'en disent rien.

LE PRÉSIDENT.

Que pourriez-vous y faire ? les déserteurs ne viennent pas à Paris.

LE BARON DE MONTBRUN, d'un ton hautain.

Ce sont des bruits répandus par les révolutionnaires.

LE PRÉSIDENT.

Oui, les ministres du roi sont en correspondance avec eux.

LE BARON.

On le dirait presque, à voir les nouvelles alarmantes dont, tous les matins, leurs feuilles sont pleines.

LE MINISTRE ANGLAIS.

Il faut convenir, Messieurs, que l'Espagne est dans un état déplorable. Je ne veux point accuser ici le système qu'elle suit; je sais qu'on doit des égards au malheur. Mais il est des fautes qu'on ne peut taire, surtout quand la situation du pays le proclame à haute voix.

LE PRÉSIDENT.

Assurément, et c'est ce que je dis tous les jours.

LE MINISTRE ANGLAIS.

Il est inutile, Messieurs, de vouloir se faire illusion. En politique, comme en algèbre, l'absurde ne mène à rien. Fut-il jamais un gouvernement qui, pour conserver les formes d'un pouvoir absolu, consentit à se soumettre aux caprices de la populace? En effet, que voit-on en Espagne! aucune sorte de stabilité dans les affaires; des ministres sans nom et sans crédit, qui, soutenus par quelques soldats en guenilles, se poussent, se heurtent, se renversent en s'accusant réciproquement d'apostoliques et de modérés. Cependant le sang coule dans les rues aux cris de *mort aux negros!* Le monarque est maîtrisé par les factions qui en viennent aux mains dans son antichambre même. Tous les jours, menacé dans son autorité et dans sa personne, il est, pour ainsi dire, obligé de demander la permission de la *camarilla*, pour aller d'une résidence à l'autre, à moins qu'il ne soit retenu par le défaut d'argent : si c'est là, Messieurs, de la monarchie absolue, il faut avouer qu'elle est tant soit peu tempérée par les séditions des volontaires royalistes. Ce pays est dans une situation affreuse. Tout ce qui n'y vit pas de rapine, meurt de faim. La caisse royale n'a pas une piastre, et ne trouverait pas un million à emprunter. On ne prête qu'aux gens qui paient leurs dettes. Les troupes régulières, sans solde et sans habits, vont chercher du pain sur une autre terre ; et tous les hommes qui veulent vivre de leur travail, émigrent aussi d'un pays où le peuple n'a d'autre industrie que les massacres : voilà où les fautes de son gouvernement ont conduit la malheureuse Espagne. De bonne foi, une telle position n'est pas tenable. Le gouvernement de ce pays n'a qu'une voie pour sortir de l'abîme où il s'est volontairement jeté. Bien loin de faire aucune démonstration hostile contre les nouvelles institutions que don Pedro a accordées au Portugal, et que S. M. Britannique prend sous sa protection, qu'il songe plutôt à modifier son système intérieur, en donnant au pays d'autres garanties d'une sage administration que les caprices des volontaires royaux. Sa caisse est vide ! qu'il consente à reconnaître l'indépendance des nouvelles républiques américaines, et l'or du travail et de la liberté viendra donner un peu de vie à cette monarchie qui meurt de paresse et de misère. N'en retirât-elle que pour ses créanciers, il est plus honorable de payer ses dettes avec l'or d'une révolution qu'on ne peut plus empêcher, que de faire banqueroute pour l'honneur d'un principe : tels sont les conseils que S. M. Britannique donne au gouvernement espagnol. En tout cas, je le répète, qu'il se garde bien de faire aucune démonstration hostile contre le Portugal !

LE BARON.

Ainsi l'Espagne doit voir la révolution à ses

portes, sans pouvoir les lui fermer. Le feu a pris à la maison du voisin, et il ne lui est pas permis de se mettre à l'abri de l'incendie.

LE DUC.

Elle ne pourra pas même établir une armée d'observation sur la frontière, pour prévenir la contagion morale.

LE MINISTRE ANGLAIS.

Messieurs, je vous demande pardon; mais les événemens ne sont pas des métaphores; il ne s'agit ici ni d'incendie, ni de contagion morale: il s'agit du régime constitutionnel établi par S. M. don Pedro, dans le Portugal, lequel régime S. M. Britannique a résolu de défendre ouvertement, s'il le faut, contre toutes les intrigues étrangères, quelque nom qu'on leur donne, et de quelque nature qu'elles soient.

LE DIPLOMATE ESPAGNOL.

Messieurs, je ne répondrai point à des imputations que la fierté castillane peut dédaigner. Sans m'arrêter à tout ce qu'a dit l'honorable secrétaire d'état de S. M. Britannique, sur la situation alarmante des Espagnols, je passe à l'objet essentiel de son discours, à l'affaire du Portugal. C'est pour en venir là qu'il nous a fait un tableau si pathétique; et, une fois arrivé, il a tranché la question en deux mots: l'Angleterre ne veut pas que le roi d'Espagne s'oppose à l'établissement du régime dit constitutionnel en Portugal. D'abord, Messieurs, je dirai devant vous, que S. M. Très-Catholique n'a jamais reçu des ordres de personne, si ce n'est quand des sujets félons tenaient leur roi prisonnier.

(Plusieurs bravos; les congréganistes, transportés par ce mouvement d'éloquence, battent des mains. Les figures impassibles des diplomates les regardent avec étonnement.)

LE PRÉSIDENT.

Messieurs, je vous ferai observer que nous ne sommes pas ici à la chambre.

LE DIPLOMATE ESPAGNOL, continuant.

Mais quel est, Messieurs, ce régime constitutionnel qui nous menace, et dont on veut nous empêcher d'arrêter les progrès? C'est un axiôme du droit des gens reconnu par tous les peuples, qu'il n'y a que les gouvernemens légitimes qui aient droit aux respects des autres nations. Mais pour connaître si un pouvoir est légitime, il faut remonter à son origine, et lui demander quels sont ses titres pour aspirer au droit de cité dans la grande famille européenne. Or, dans ce cas, Messieurs, que trouvons-nous? une constitution *libérale*, qui arrive tout-à coup d'Amérique comme un ballot de marchandises auxquelles on veut donner un cours forcé dans un pays qui n'en demande pas.

(Rires prolongés.)

LE DUC.

Le mot est charmant.

LE DIPLOMATE ESPAGNOL.

Mais allez plus loin, Messieurs; passez en Amérique, et demandez d'où vient cette constitution? On vous répondra qu'elle est octroyée par l'infant don Pedro, empereur du Brésil, et que par conséquent elle est légitime. Mais, de bonne foi, Monsieur le secrétaire d'état, vous dirai-je à mon tour, est-ce un prince qui a renoncé à la succession de son père pour se faire empereur du Brésil, et qui ne règne dans ce pays qu'en vertu de sa renonciation expresse, qui pouvait conserver le droit de donner une constitution au Portugal? Mais, eût-il conservé ce droit, ce que je nie, n'était-il pas dans l'obligation de consulter les besoins de ce pays, avant d'y établir une constitution nouvelle?

Puisqu'il faut le dire, les Portugais avaient une constitution qu'il ne faut pas confondre avec toutes les inventions modernes auxquelles on donne le même nom. Cette ancienne constitution, ce sont les Cortès de Lamégo. L'infant n'aurait-il pas dû les assembler pour leur proposer les changemens qu'il voulait opérer dans l'état?

LE MINISTRE ANGLAIS.

Prenez garde, Monsieur, vous allez ressusciter là une assemblée délibérante.

LE DIPLOMATE ESPAGNOL.

C'est vous qui m'y forcez, Monsieur; mais enfin, cette assemblée avait existé avec l'ancienne monarchie, et il eût été plus facile de trouver dans son sein les élémens d'un ordre de choses analogue aux mœurs religieuses et monarchiques du peuple portugais, que dans une assemblée improvisée avec des abstractions politiques qu'on veut imposer également à tous les peuples jeunes ou vieux, sans tenir compte des diversités de leur état social.

LE MINISTRE ANGLAIS.

Ce que vous dites là, Monsieur, est fort sensé; mais, grâce à la prévoyance du pouvoir absolu, les anciennes Cortès de Lamégo, sous les derniers règnes, avaient tellement été oubliées avec toutes les franchises nationales qui concouraient à leur composition, que l'infant don Pedro n'aurait su en retrouver les traces pour les assembler de nouveau, et leur soumettre ses projets.

LE DIPLOMATE ESPAGNOL.

Mais encore une fois, quel droit avait l'infant don Pedro de donner une constitution au Portugal? Je ferai, à ce sujet, une dernière objection à l'honorable secrétaire. Qu'auraient dit tous ses compatriotes et lui-même, si, à la mort du dernier roi d'Angleterre, Georges IV retiré à Calcutta, après s'être déclaré empereur du Bengale, eût abdiqué la couronne de la Grande-Bretagne en faveur d'un de ses frères, en imposant aux Trois-Royaumes une nouvelle constitution ? Toute la vieille Angleterre se serait levée en armes. Telle est pourtant la position où l'on a mis le Portugal.

LE BARON, triomphant.

C'est sans réponse.

LE DUC.

Voilà les vrais principes.

LE MINISTRE ANGLAIS.

Il y a d'abord une réponse à faire : tout le Portugal ne s'est pas levé en armes. Ensuite, si ce sont là les vrais principes, j'en suis fâché pour eux, car, pour l'honneur d'aucun principe, Sa Majesté Britannique ne laissera périr une nation qui fut toujours notre alliée fidèle.

LE DIPLOMATE ESPAGNOL.

Sa Majesté Catholique peut compter au moins sur l'appui des cabinets de la Sainte-Alliance. J'ose me flatter, Messieurs, que vous défendrez, dans cette occasion, comme dans les précédentes, la cause de légitimité contre la révolution. La France surtout qui nous a déjà rendu tant de services...

LE PRÉSIDENT.

La France, Monsieur, est lasse de s'épuiser pour des ingrats. Puisque votre gouvernement ne tient aucun cas de mes conseils, il faudra bien qu'il se passe de notre argent. Vous pouvez lui déclarer que s'il fait quelque démarche hostile contre le Portugal, elle sera faite à ses risques et périls, et que dans la route qu'il s'obstine à suivre, il n'a plus aucune protection à espérer de Sa Majesté Très-Chrétienne.

UN DIPLOMATE RUSSE, après avoir consulté des yeux tous les membres du corps diplomatique.

Ni des autres puissances du continent.

LE DIPLOMATE ESPAGNOL.

O mon roi! l'univers t'abandonne!

LE BARON, avec feu.

Ne craignez rien, Monsieur, si notre armée a retrouvé le chemin de Cadix en poursuivant la révolution, elle saurait bien retrouver aussi celui de Lisbonne.

LE PRÉSIDENT.

Au nom de qui parlez-vous, Monsieur le ministre d'état? Prenez-vous sur votre tête la responsabilité d'un tel langage? Je ne vous savais pas jusqu'ici ministre àportefeuille.

LE BARON.

Je ne serais pas jaloux de siéger dans un conseil, dont le président, après avoir violé tous ses engagemens envers ses amis, viole tous ses devoirs envers son maître.

LE PRÉSIDENT, souriant.

Je sais, Monsieur, que vous n'êtes pas jaloux de siéger au conseil.

LE BARON.

Monsieur le président, vous perdez la France.

LE PRÉSIDENT.

Vous arriverez à temps pour la sauver.

LE BARON.

Plutôt que vous ne croyez.

LE PRÉSIDENT.

Vous tenez déjà les finances.

LE BARON, *à part.*

Tu ne les tiendras plus demain.

LE DUC.

Monsieur le président, votre politique ne peut plus s'accorder avec la monarchie. Nous ne souffrirons jamais qu'on traîne la France à la suite de l'Angleterre.

TOUS LES CONGRÉGANISTES.

Nous ne le souffrirons jamais.

LE PRÉSIDENT.

Messieurs, puisque vous accusez les intentions des ministres, c'est à la confiance de Sa Majesté qu'ils en appellent; pour qu'on ne puisse plus soupçonner leur franchise, après avoir fait connaître leur politique, ils offrent leur démission.

(*Il s'approche d'une table et écrit.*)

LE BARON, aux congréganistes qui l'entourent.

Nous le tenons.

LE PRÉSIDENT.

J'ai signé la mienne.

LE BARON.

Il est perdu.

LE PRÉSIDENT, s'approchant du garde-des-sceaux et du ministre de l'intérieur qui le regardent d'un air consterné.

A vous, Messieurs.

(Les deux ministres se regardent, hésitent quelque temps; enfin le garde-des-sceaux signe, et le ministre de l'intérieur après lui. Ils reviennent ensuite s'asseoir, pâles et comme stupéfait de cet acte de courage.)

LE BARON, aux deux ministres.

Voilà, Messieurs, de la grandeur d'âme; on ne pourra plus désormais vous accuser d'ambition.

LE DUC.

Je pense toujours, Monsieur le président, que la route où vous vous êtes engagé est funeste à la monarchie; mais votre démarche me prouve que vous vous trompiez de bonne foi.

LE PRÉSIDENT.

Monsieur le duc, j'ambitionnerai toujours votre estime. (Au ministre des affaires ecclésiastiques.) C'est un ministre de la religion que nous chargerons, mes collègues et moi, d'aller déposer aux pieds de

Sa Majesté le sacrifice de notre pouvoir, du moment que nous aurons perdu sa confiance.

(Il lui remet le papier plié.)

LE MINISTRE DES AFFAIRES ECCLÉSIASTIQUES, d'un ton de voix ému.

Monsieur le président, la sagesse humaine peut se tromper ; mais Dieu lit dans le cœur des hommes, et leur tient compte de leurs intentions.

LE PRÉSIDENT.

Que sa volonté s'accomplisse en toute chose !

(Le ministre des affaires ecclésiastiques sort. Le garde-des-sceaux et le ministre de l'intérieur le regardent sortir, et leur terreur semble s'accroître pendant toute cette scène. La discussion est interrompue. Il se forme divers grouppes. Les congréganistes causent entre eux vivement; leurs visages sont radieux. Ils présentent leurs salutations au duc de Saint-Elme et à M. de Montbrun. Le président et le ministre anglais, placés un peu en arrière, causent à voix basse. Le président s'aperçoit des démonstrations des congréganistes envers leurs futurs ministres. Il les fait remarquer au ministre anglais, et tous deux sourient.)

LE DUC DE SAINT-ELME, s'approchant du président.

Monsieur le président, votre conduite est noble sans doute ; mais maintenant je puis vous le dire, n'ayez aucun regret. Votre démission volontaire ne fait que prévenir votre renvoi du conseil. On connaissait vos intentions, et l'ordonnance était déjà prête.

LE PRÉSIDENT.

Vous croyez cela, Monsieur le duc ?

LE DUC.

Son Excellence le ministre des affaires ecclésiastiques le savait comme moi ; nous en étions convenus ensemble.

LE PRÉSIDENT, vivement.

Que savait-il, le ministre? de quoi étiez-vous convenus?

LE DUC.

Je vous avoue que quand il nous a apporté vos propositions, j'ai contribué plus que tout autre à les faire rejeter, et le ministre lui-même est tombé d'accord avec moi, que vous vous étiez engagé dans une fausse route, et que la France devait être gouvernée par un système religieux et monarchique, en harmonie avec nos mœurs et l'esprit de notre ancienne monarchie, et non avec des idées de commerce et d'industrie; mais, je vous le répète, Monsieur le président, votre conduite est noble ; elle nous prouve à tous, qu'en vous trompant, vous vous trompiez de bonne foi, et il vous reste tout l'honneur du sacrifice.

LE PRÉSIDENT.

J'aime à voir, Monsieur le duc, que vous me rendiez justice. (*Le duc le salue, et va vers le ministre anglais. Le présidsnt reste seul.*) M'aurait-il joué ? Cependant cette histoire du cardinal... Il n'y a pas à se fier à ces gens-là... Je me suis jeté dans leurs mains; ah! quelle faute!

(Le garde-des sceaux et le ministre de l'intérieur s'approchent du président, et semblent vouloir lui faire des questions. Il leur répond avec impatience et s'éloigne. Il se promène seul.)

LE DUC, au ministre anglais.

Monsieur le secrétaire d'état, nous pourrons différer d'opinion au conseil; nous pourrons même être ennemis sur le champ de bataille; mais dans le salon comme sous la tente, vous serez toujours le bienvenu.

LE MINISTRE ANGLAIS.

Monsieur le duc, je sais de quelle manière les Français font les honneurs de leurs pays, et ce n'est pas moi qui pourrais douter de cette politesse exquise dont vous êtes, Monsieur, un des plus dignes représentans.

LE DUC.

Avouez que c'est un beau pays que la France.... Et notre Opéra? on vous y a vu quelquefois.

LE MINISTRE ANGLAIS.

J'en ai été émerveillé.

LE DUC.

J'espère, Monsieur, que vous viendrez à la première représentation du *Siége de Corinthe*. On n'a jamais rien vu ni entendu de si beau; j'ai assisté aux répétitions : des décorations magnifiques ; et quels ballets ! Noblet est ravissante.

LE MINISTRE ANGLAIS.

Ah ! Noblet ! la Vénus du grand ballet.

LE DUC.

Vénus elle-même ; si cela peut vous être agréable, je vous offre un petit souper. (Avec mystère.) Elle est de ma connaissance.

LE MINISTRE ANGLAIS.

Dès que les dîners diplomatiques me laisseront une soirée, je serai à vous.

UN HUISSIER, annonçant.

Monseigneur le ministre des affaires ecclésiastiques.

(Mouvement général. Tous les personnages reprennent leur place. Le ministre s'avance gravement. Le président l'interroge des yeux.)

LE MINISTRE DES AFFAIRES ECCLÉSIASTIQUES, lentement et les yeux baissés.

Je me suis acquitté, Messieurs, du pénible message dont vous m'aviez chargé ; j'ai offert au roi cet acte de loyauté et de dévouement que mes trois collègues ont signé devant vous. Sa Majesté a répondu, en présence de toute la cour, qu'elle donnait son adhésion.... au système suivi par ses ministres.

(Le ministre de l'intérieur et le garde-des-sceaux respirent. Les congréganistes sont stupéfaits.)

LE BARON DE MONTBRUN, vivement.

Impossible!

LE MINISTRE DES AFFAIRES ECCLÉSIASTIQUES, humblement.

Le roi le veut.

LE PRÉSIDENT.

Eh bien, Messieurs, vous êtes satisfaits.

LE BARON, à part.

Ah! rusé Gascon!

LE PRÉSIDENT.

Mais, puisque nous voilà d'accord sur le point le plus pressant, la marche que les cabinets doivent indiquer à l'Espagne, relativement à la constitution du Portugal , j'espère que nous tomberons d'accord aussi sur ce que les cabinets ont à faire envers les colonies espagnoles. Mais nous en causerons plus à l'aise au dessert. Voulez-vous, Messieurs, que nous passions à table?

(Tous les diplomates se lèvent pour sortir. Le président et les autres ministres français reçoivent les félicitations du ministre anglais. Ils sortent ensemble. Les congréganistes sont furieux.)

LE BARON DE MONTBRUN , au duc.

Eh bien, Monsieur!....

LE DUC.

La morale et la religion sont perdues en France.

(Ils sortent tous.)

FIN DU TROISIÈME ET DERNIER ACTE.

www.ingramcontent.com/pod-product-compliance
Ingram Content Group UK Ltd.
Pitfield, Milton Keynes, MK11 3LW, UK
UKHW020321250726
13967UKWH00004B/1801

9 782013 033589